KB133728

비건 베이킹 : 심란한 날에도 기쁜 날에도 빵을 굽자

비건 베이킹

심란한 날에도 기쁜 날에도 빵을 굽자

송은정

프롤로그 *

심란한 날에도
기쁜 날에도

미열, 인후통, 근육 뭉침. 지난밤 증상이 심상치 않아 코로나 자가진단키트 검사를 했다. 내 손으로 코 깊숙이 면봉을 찔러 넣는 솜씨가 영 어설퍼서 검사가 제대로 될는지 걱정됐지만 일단은 잠자코 30분을 기다려보는 수밖에.

이미 아플 예정인 사람의 얼굴을 한 나는 소파에 가로누워 휴대폰 액정 화면을 수시로 들여다보았다. 시간이 더뎠다. 양성 반응이 나올 것을 대비해 신속항원검사, 비대면 진료가 가능한 병원도 검색했다. 지하철역 광장에 차려진 천막 주변으로 끝없이 줄지어 선 행렬이 떠올랐다. 일상을 폭삭 갉아먹을 바이러스가 부지불식간에 내 영역까지 침투했구나 생각하니 아찔했다. 그렇게 무기력을 이불처럼 뒤집어쓴 채 자가격리 후기를 샅샅이 찾아 읽던 중 나는 별안간 자리에서 벌떡 일어났다. 열려 있는 방문 사이로 보이던 빨래 더미가 눈에 거슬려 참을 수 없었기 때문이다. 양말과 속옷, 수건을 정리한 뒤 곧장 부엌으로 향했다. 아침에 사용한 물컵과 커피잔을 씻고, 거실 바닥에 쭈그려 앉아 고양이 옹심이가 밤새 흩뿌려 놓은 모래를 손바닥으로 쓸어 모았다. 몸을 움직이니 애꿎은 시계만 괴롭힐 때보다 기다림이 쉬웠다. 금세 30분이 흘렀다. 방금 전까지 아랫배를 살살 골리던 긴장감도 누그러진 듯했다. 아까와 달리 더는 감염 여부가 사느냐 죽느냐의 문제처럼 심각하게 느껴지지 않았다.

나는 이 느닷없는 낙관의 정체가 무엇인지 알고 있다. 그건 오늘 해야 할 일을 분명히 알고 있는 사람의 건전한 확신이다. 지구는 여전히 돌고 있고 나는 이 삶을 멈출 수 없다. 이 단순한 명제를 곱씹다 보면 그저 내 할 일을 하는 것만이, 아니 그것이라도 제대로 해내는 것만이 오직 전부라는 믿음에 빠지게 된다. 내게 그것은 언제나 어려운 과업이지만 감히 희망이라 부를 수 있는 유일한 것이기도 하다.
자, 그러니 아침에는 따뜻한 돼지감자 차를 마시며 스트레칭을 하자. 밤새 동그랗게 가라앉은 베개는 툭툭 털어 햇볕에 널고, 겉흙이 마른 화분에는 손가락을 가볍게 찔러넣어 보자. 분리수거는 미루지 말고 그때그때, 온라인 장보기는 세 번에서 한 번으로 줄여 보자. 고양이가 등장하는 그림책을 읽고, "영영 사라지고 싶은 날 문을 하나 만들자"고 이야기하는 노래를 흥얼거리자. 선거 공약을 꼼꼼히 살피고 쉽사리 무심해지지 말자. 허무에 빠지더라도 오래 머물지 말자. 이따금 꽃을 선물하자. 자주 걷자. 햇볕을 쬐자. 푹 자자. 심란한 날에도 기쁜 날에도 빵을 굽자.

베이킹을 하며 깨달은 사실 하나가 있다. 그건

내가 먹는 즐거움보다 만드는 즐거움이 더 큰 사람이라는 점이다. 왜 그런가 곰곰 생각하다 배우 문숙 선생님의 말에서 힌트를 얻었다. 요리나 식재료를 다듬는 과정이 움직이는 명상과 같다는 이야기였다. 영상 속 그는 물에 불린 아몬드 껍질을 까며 이렇게 말한다. 발바닥이 땅에 딱 붙어 있는 감각을 느껴보자고. 지금껏 나는 명상이 마음을 텅 비우기 위한 행위라고 늘 생각해왔다. 잘 모르면서 으레 그렇게 단정지었다. 그런데 이야기를 가만 들어보니 명상은 선명해지기 위함이기도 한 것 같다. 깨어 있는 몸과 마음으로 세상을 감각할 수 있도록. 누군가에게는 달리기가, 화단 가꾸기가, 당근 채썰기가 움직이는 명상이고 사색이다.

베이킹을 하는 동안 나는 손끝에 닿는 반죽의 보드라운 질감을 느낀다. 제철 재료가 내뿜는 생생

한 기운, 피로와 함께 밀려드는 작은 충만감 또한 감지한다. 익숙한 움직임과 동선이 싱숭생숭한 마음을 제자리로 돌려놓는다. 베이킹을 하면 할수록 느는 것은 제빵 실력만이 아닌 듯하다. 세상의 아름다움을 선명하게 만끽하고 싶다. 그것만큼은 제대로 해내고 싶다.

차 례

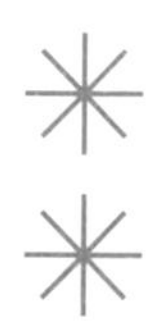

| 아침의 햇 쿠키 |

지구를 구할 수는 없지만

아침에 눈을 뜨면 묘생 3년 차를 무탈하게 통과한 초록 눈의 고양이가 내 발치에 누워 있는 모습이 보인다. 살면서 처음으로 이름을 붙여준 이 생명체는 “옹심아” 하고 부르면 종종걸음으로 다가와 제 몸을 내 무릎께에 가만 스친다. 방향을 틀 때는 앞발을 들고 폴짝 뛰는 특이한 습관이 있고, 나와 남편의 발소리를 기억해두었다가 외출에서 돌아오면 문 앞으로 마중을 나온다. 빗질은 좋아하지만 궁디팡팡은 싫어하고 폭신한 이불보다 단단한 바닥을 선호한다. 나는 옹심이가 자신만의 취향과 의지, 예의를 갖춘 생명체라는 사실에 수년간 충분히 놀라워했음에도 다음날이 되면 다시 새롭게 놀라고 만다.

사실 고양이의 진짜 재능은 이것이다. 새벽 6시마다 혼밥하는 자신의 옆을 지키라며 투정을 부리고, 바닥에 대자로 드러누운 채 자신의 약점을

낱낱이 드러내며 코를 고는 고양이는 내가 더 많이 사랑하는 사람이 될 수 있도록 매일매일 귀여움을 갱신한다. 아마도 반려동물과 함께 사는 이라면 자기 자신도 몰랐던 거대한 사랑의 펌프가 내면에 굳게 자리하고 있음을 발견한 적이 있을 것이다. 그 사랑은 저마다 다른 형태로 다르게 존재한다. 내 사랑은 비건을 실천하는 방향으로 발현됐다. 나는 완전한 비건이었다가 계란과 유제품은 먹지 않되 해산물은 허용하다가, 이제는 계란과 유제품과 해산물은 먹는 페스코 식단을 유지하고 있다. 동시에 베이킹을 할 때는 어떠한 동물성 재료도 사용하지 않는 비건을 추구한다.

사람들이 채식을 시작한 계기를 물어올 때마다 내 대답은 조금씩 달라진다. 어떤 선택이 타인의 믿음이나 가치관을 부정하는 의미로 왜곡될 수 있음을 반복해서 경험한 이후 가능한 한 상대의 윤리의식과 심기를 건드리지 않는 쪽으로 머리를 굴리게 됐다. 그중 전 직장 동료인 H 과장님이 귀띔해준 노하우는 남녀노소, 성별을 가리지 않는 프리패스 답변이다.

"한의원에 갔더니 고기가 체질에 안 맞는대요."

이렇게 채식의 이유를 설명하는 순간 상황은 간단히 정리된다. "건강원 앞에 버려진 옹심이가 나비탕이 될 뻔했다"라든지 "경제적 가치가 없는 수평아리는 산 채로 분쇄기에 갈린다"는 팩트는 굳이 화제로 올리지 않는다. 대화의 장소가 오붓한 점심식사 자리라면 더더욱. 하지만 이따금 '어떤' 기미가 보이는 상대라면 슬그머니 옹심이 이야기를 꺼낸다. 포동포동 살이 오른 초록 눈의 고양이 사진을 능글맞게 꺼내 보이면서.

반려동물의 가족이라고 해서 그들 모두가 비건 혹은 비건 지향을 선택하는 것은 아니다. 나는 상대가 누구든 채식을 적극 권유하는 일이 거의 없다. 만약 내 식단에 긍정적인 관심을 보이거나 질문을 하면 성심껏 대답하는 정도다. 상대 쪽에서 먼저 약속 장소로 비건 레스토랑을 제안하면 눈을 반짝이며 함께 메뉴를 고민한다. "유기농이니 뭐니를 따질 때부터 유난이다 싶었다"며 대놓고 핀잔을 하는 무례한 부류도 있지만, 기후 변화와 동물권에 대해 진지하게 고민하고 실천하는 이들도 있다는 것을 안다. 고기는 먹지만 누구보다 분리수거에 열심인 사람이 있으며 가급적 로컬 푸드를 소비하고 매달 환경단체를 후원하는 사람이 있다는 것 또한 기억한다. 소설가 정세랑의 에세이집 제목처럼 '지구인만큼 지구를 사랑할 순 없'다는 사실을 채식에 눈 뜬 이후 절절히 체감하는 중이다. 각자 자신의 생활 안에서 지구를 구하기 위해 힘쓰고 있다.

영화 〈스트레인저 댄 픽션〉의 등장인물 파스칼은 전쟁과 무기에 쓰이는 세금은 낼 수 없다며 국세청 직원과 언쟁하는 터프한 빵집 주인이다. 한때 그는 더 나은 세상을 만들겠다는 신념으로 하버드 법대에 진학했으나 곧 중퇴한다. 밤늦게까지 공부하는 친구들을 위해 쿠키를 굽다 보니 어느 순간 수업 노트보다 레시피 노트가 훨씬 더 많다는 사실을 깨달았기 때문이다. 쿠키를 만들 때 세상을 더 멋진 곳으로 만들 수 있을 것이라 믿는 그의 빵집에는 스윗한 초코칩 쿠키가 언제나 준비되어 있다. 파스칼의 대사를 나는 이렇게 바꿔 본다. 쿠키로 세상을 구하진 못하더라도 한 마리의 귀여운 고양이만큼은 지키고 싶어요.

최근에 마스다 미리의 신간을 읽으며 즐거운 상상에 빠졌다. '우리는 어쩌면 서로 작은 상처들로 연결되어 있는 걸까?'라는 문장으로 시작되는 연작 만화는 이름도 깜찍한 스낵바 딱따구리를 배경으로 펼쳐진다. 자신의 인생이 한심할 정도로 시시하다고 느끼는 취업 준비생, 미래가 지금보다 중요하냐고 묻는 열일곱 살 소녀 등이 술 빼고 다 파는 스낵바의 손님들이다. 어쩐지 크게 기쁠 일도 슬플 일도 없어 보이는 스낵바 주인은 이들에게 노래방 마이크를 쥐어주거나 함께 에어 기타를 연주하며 어딘가 꿍 눌러둔 감정을 표출할 수 있도록 북돋워 준다. 재밌는 건 주인의 뜬금없는 제안에 얼렁뚱땅 넘어가는 손님들이다. 차가운 물에 세수라도 한 것처럼 스낵바를 나서는 사람들의 표정이 한결 개운해 보인다.

스낵바 딱따구리에는 주력 메뉴랄 게 없다. 카레도 있고 북유럽식 커피도 있다. 그때그때 손님이 요청하는 메뉴를 뚝딱 만들어낸다. 만약 내가 스낵바의 주인이라면? 국적 불문 장르 불문의 메뉴를 섭렵할 자신은 없지만 그날 아침에 구운 '햇 쿠키' 정도는 인심 좋게 하나씩 내어줄 수 있지 않을까. 서비스는 언제나 달가운 법이다. 월요일에는 고소한 통밀 베이스에 청크 초콜릿과 피칸을 듬뿍 넣은 르뱅 쿠키. 화요일에는 피넛버터와 사과 퓨레로 부드러운 식감을 낸 땅콩 쿠키. 수요일에는 풍미 깊은 얼그레이로 어른의 맛을 담은 사브레 쿠키……. 크리스마스 시즌이라면 진저브래드맨 쿠키도 빠트릴 순 없겠지. 그리고선 짐짓 태연한 얼굴로 이렇게 묻는 것이다.

"울적하시다고요? 여기 귀여운 고양이 좀 보시겠어요?"

| 계란 대체재 |

사랑을 수호하는 마법사들

코로나 바이러스가 전 세계로 확산되기 직전인 2019년 가을, 운 좋게 마지막 비행기에 올라탔다. 도착지는 스페인 마드리드. 간만의 긴 여정에 나는 몹시 들떠 있었다. 여행을 앞둔 설렘과 흥분이야 자연스러운 감정이지만 이번에는 조금 다른 이유가 섞여 있었다. 해외여행 구력 14년 만에 처음으로 환승 없이, 무려 국적기를 타고 목적지로 향할 예정이었기 때문이다.

항공권 결제 승인이 나자마자 인천국제공항 제2터미널 내 라운지와 항공사 기내 서비스 후기를 검색해보기 시작했다. 블로거들이 정성껏 찍은 사진과 극호를 오가는 평가를 정독하는 것만으로도 구름 위를 둥둥 떠다니는 듯 가슴이 두근거렸다. 아, 생일 케이크 서비스는 중단됐네. 남편에게 볼멘소리를 하며 이번에는 기내식 목록을 차례로 훑어보았다. 건강, 종교 등의 이유로

식단 관리가 필요한 승객을 위해 특별식을 미리 신청할 수 있는데 그 종류가 예상보다 훨씬 다양했다. 비건식을 비롯해 과일식, 당뇨식, 글루텐 프리식, 저염식 등 선택의 폭이 꽤 넓었다. 비건식 또한 구체적이었다. 생야채식, 엄격한 서양 채식, 엄격한 인도 채식. 동양 채식이 완전한 비건 식단이라면 서양 채식은 달걀과 유제품을, 인도 채식은 유제품을 포함한 식단이었다.

내가 신청한 서양 채식은 찐 채소와 볶은 채소, 생채소를 이리저리 조합한 메뉴였다. 형편없다기엔 그럭저럭 먹을 만했고 만족스럽다기엔 어딘가 아쉬운 맛이었다. 기내식임을 감안하더라도 재료 선택, 구성, 식감 모두 총체적으로 심심해서 먹는 내내 흥이 나지 않았다. 그건 마치 "채식을 한다고? 그럼 자연의! 맛을! 제대로! 보여주지!" 하고 내놓은 음식 같았다. 비건 섹션의

셰프가 단 한 번도 채식을 해본 적 없을 것이라는 의구심에 강렬한 확신이 들었다. 남편의 비빔밥용 고추장을 빌려 강황밥에 쓱쓱 비벼 먹으니 그나마 입에 붙었다. 그렇게 나의 첫 비건 지향 기내식은 물음표를 동반한 기억으로 싱겁게 남아 있다.

한때 내 안에도 채식 요리는 마이너스에 수렴하는 음식이라는 편견이 있었다. 고기도 빼고 파르미지아노 레지아노 치즈도 빼고 생크림도 빼면 맛은 누가 내나. 인생의 소중한 기쁨인 미식의 즐거움이 사라지리라 생각하니 채식 따위 모르는 척 살고 싶었다. 일단은 마트에서 고기를 사지 않는 방식으로 자의 반 타의 반 육식으로부터 거리를 두었다. 다행히 외식보다 집밥의 비중이 높다 보니 고기를 섭취하는 횟수가 서서히 줄어들었다. 때마침 대형마트의 신선 식품 코너에 다양한 품종의 잎채소와 향신채가 대거 유통되기 시작한 흐름 역시 큰 도움이 됐다. 밋밋했던 샐러드의 식감과 맛을 3차원으로 넓혀준 루꼴라, 프릴아이스, 버터헤드레터스. 공심채의 뒤를 잇는 소송채와 아삭채. 모양새만으로도 호기심을 자극하는 고깔 양배추와 방울양배추. 냉이와 달래, 눈개승마, 봄동, 유채나물, 머위 같은 계절 나물은 시금치 앤드 콩나물 무침에 한정되어 있던 기본 반찬의 영역을 무한대로 확장시켜주었다. 정말이지 식재료가 차고 넘쳤다.

신이 난 나는 채소와 환상의 콤비를 이룰 부재료도 부지런히 탐색했다. '심플리 오가닉'의 향신료와 콤콤한 풍미로 시즈닝 역할을 하는 뉴트리셔널 이스트를 한식의 갖은 양념 재료처럼 상비해두었다. 마라 열풍과 함께 들어온 중국식 소스 즈마장(참깨장)과 라조장(고추기름)은 여러 번

재구매할 만큼 애용하고 있다. 특히 청와대 근처 문을 연 발효 상점 '큔'의 조미료는 시시한 요리도 굉장해 보이도록 하는 빛과 소금 같은 존재다. 이곳에선 도전정신을 불러일으키는 식료품들을 구경하고 고르느라 시간 가는 줄을 모른다. 콩과 효모를 발효시켜 네모로 빚은 인도네시아 전통음식 템페를 알게 된 곳 역시 큔이었다. 영귤 발효 소금, 쇼유코우지(누룩 간장), 카리테 미소(일본식 발효 된장), 캐슈 발효 크림치즈……. 마른 가슴에 불을 지피는 미지의 이름들을 하나씩 따라 읊을 때면 모른다는 사실이 이토록 짜릿할 수가 없다.

이후 반 년이 채 되지 않아 나는 열렬한 채소 생활자가 됐다. '이것 안 돼, 저것 안 돼'라는 엄격한 제약 대신 처음 맛보는 식재료, 새로운 조리법에 시선을 두니 시야가 위로 아래로 시원하게 트였다. 먹을 수 없는 무엇보다 앞으로 먹게 될 무엇을 생각하면 막연함은 사라지고 되레 자유로워졌다. 채식은 마이너스가 아니라 플러스의 세계였다. 이렇게 몸과 마음의 전환이 근소한 시차로 동시에 이루어진 데는 비건 베이킹의 역할이 컸다. 우연히 발을 들이게 된 비건 베이킹은 과학실험이라 불러도 좋을 만큼 신선한 충격이었다. 전 세계 비건 베이커들이 버터, 계란, 치즈 등 동물성 식재료를 대신할 레시피를 개발하기 위해 힘을 모으고 있었기 때문이다. 내 눈에 그들은 뛰어난 과학자이자 창조적인 아티스트인 동시에 사랑을 수호하는 괴짜 마법사처럼 보였다.

비건 베이킹에 입문한 무렵엔 사방이 의문 투성이었다. 계란 대신 사과를 이용하다니! 상식을 한참 벗어난 레시피였다. 보통 상식 밖의 선택은 세간의 따가운 눈총이나 의심을 받기 마련이지만 비건 베이킹의 세계에서는 달랐다. 상식을 벗어날수록 새롭고 놀라운 결과물이 펼쳐졌기 때문이다. 논비건 베이킹에서 계란은 풍미와 수분을 더하고 구웠을 때 형태를 유지시키는 역할을 한다. 비건 베이커들은 각종 씨앗류와 과일에서 그 대안을 찾았다. 그중 하나가 아마씨나 치아씨드를 사용하는 것이다. 적당량의 물에 씨앗을 10분쯤 불리면 투명한 점액질이 만들어지는데 이때 생긴 끈적한 점성이 계란과 흡사하다. 곱게 간 사과와 바나나 퓨레도 각각의 재료가 잘 결합하도록 돕는 성질을 지니고 있다. 수분 함량이 높아 식감도 촉촉해진다. 다양한 계란 대체제 가운데 나를 가장 매료시킨 대안은 단연 '아쿠아파바'다. 병아리콩 삶은 물을 버리지 않고 모아 힘껏 휘저으면 머랭처럼 부드러운 크림이 될 것이라는 상상은 대체 누가 했을까.

동물 연골이 함유된 젤라틴 대신 한천가루로 초콜릿 푸딩을 응고시키는 방식에 익숙해질 즈음 나의 일상에도 작지만 유의미한 변화가 일어났다. 동물실험에 반대하는 '클루얼티프리' 인증 화장품이 장바구니에 하나둘 담기기 시작한 데 이어 지난여름에는 옥시벤존과 옥티노세이트 등이 포함되지 않은 선크림을 즐겨 사용했다. 바닷속 산호층을 파괴하고 번식을 방해할 만큼 해로운 화학물질을 굳이 얼굴에 바를 필요가 있을까. 외출할 때마다 350밀리리터 용량의 텀블러를 챙기는 일 또한 생각만큼 귀찮지 않았다. 게다가 스타벅스에서 300원씩 꼬박꼬박 할인 혜택도 받을 수 있다.

이전보다 조금 더 자주 채소를 섭취하고, 계란 대신 사과 퓨레를 넣은 머핀을 구웠을 뿐인데 나는 내 삶이 새로운 국면에 들어섰음을 느낀다.

그동안 내가 믿고 따라온 상식이 실은 얼마나 허약한 논리로 무장되어 있는지, 얼마만큼 쉽게 무너질 수 있는지를 시시때때로 확인하며 통쾌해하고 있다. 3년 전 칠레의 아타카마 사막에서 노을을 기다리던 그때 나의 관심사는 오직 황홀하게 저무는 태양뿐이었다. 지구상에서 가장 건조한 땅, 전 세계에서 별이 가장 많이 보이는 곳. 아타카마 사막이 품은 극한의 자연환경은 배낭여행자의 감상을 충족시키는 배경으로서만 존재했다. 매년 4만 톤의 헌옷이 버려지며 패스트 패션의 무덤이 된 아타카마 사막의 이면에 대해서는 관심조차 없었다. 이제 와서 과거의 나를 몰아붙이거나 자기비하에 빠지고 싶지는 않다. 물론 지금이라도 알게 되어 다행이라는 마음 역시 충분하지는 않다.

기후위기에 좀 더 적극적으로 대응하는 이들은

탄소 배출양이 어마어마한 항공 여행을 자제하자고 말한다. 마땅한 주장이다. 그런데 인생의 중요한 쾌락 중 하나가 여행인 나는 그저 하루빨리 코로나 바이러스가 종식되어 아르헨티나의 모레노 빙하를 보러 떠날 날만 손꼽아 기다리고 있다. 혹시나 하고 찾아보니 비건 기내식이 일반 기내식보다 탄소 배출을 줄일 수 있는 선택이라는 의견도 있다. 나는 나의 미래를 감히 예감해 본다. 아무 결정도 내리지 못한 채 어영부영 딜레마에 빠져 있다가도 국제선 항공권을 최저가에 샀다며 기뻐하고 있을 내 모습을. 그때도 신중히 고른 '엄격한 서양 채식'을 먹으며 미간을 찌푸리고 있을까. 모든 것이 조금 더 나아져 있기를. 실패하고 후회하면서도 계속해 나가기를. 이제는 내가 해야 할 일이 무엇인지 정확히 알고 있다.

ㅣ 치아바타 ㅣ

바쁘게 한가로운

회사 탕비실에서 혼자 점심 도시락을 먹으며 일본 드라마 〈빵과 수프, 고양이와 함께하기 좋은 날〉을 다시 정주행했다. 평소라면 넷플릭스의 최신 화제작을 선택했겠지만 오전 내내 사방에서 날아드는 ASAP 요청들에 진이 빠진 뒤라 새로운 스토리나 낯선 감정은 사절이었다.

드라마는 주인공 아키코가 뜻밖의 계기로 샌드위치 식당을 오픈하는 데서 시작한다. 출판 편집자인 그는 경리부로 부서 이동을 발령 받게 되자 "책과 관련 없는 일을 한다면 더 이상 회사에 있을 이유가 없다"며 회사를 그만둔다. 공교롭게도 그 무렵 갑작스러운 어머니의 부고로 어머니가 운영해온 식당 역시 폐업의 기로에 서게 된다. 고민 끝에 아키코는 어머니의 공간에서 새로운 시작을 모색해보기로 한다.

제목이 주는 느슨한 분위기와 달리 이야기는 꽤 치열하다. 특히 아키코의 퇴사에서 식당 창업으로 이어지는 초입부는 격랑 그 자체다. 하루아침에 벌어진 부당한 인사 조처와 가족의 죽음, 난생처음인 식당 운영까지. 쉴 새 없이 고난이 들이닥친다. 그런데 흥미로운 점은 이 지난한 과정을 시종일관 슴슴하게 연출하는 드라마의 시선이다. 아키코의 내면에서 벌어졌을 감정의 소용돌이나 갈등을 부각하는 대신 고개를 끄덕이는 곰곰 어린 표정이나 길고양이를 집으로 들이는 작은 에피소드를 통해 마음의 파동을 짐작게 할 뿐이다. 나는 그 의도된 생략이 마음에 든다. 변화를 피하지 않고 정면 돌파하는 아키코의 담백한 결단이 오롯하게 느껴져서다. 주변의 사려 깊은 조언에 귀를 기울이되 오직 자기 자신을 위한 방향으로 길을 내는 침착함도 좋다. 어쩌면 아키코는 내가 염려한 것보다 자신의 상황을 그리 곤란하게 여기지 않았을지도 모른다. '일이 이렇게 되어 버렸다면 파도에 올라타듯이 자연스럽게 흘러가보자'라고 판단했을지도. 덕분에 점심 도시락을 먹고 일어선 나 역시 아까와는 다른 기분으로, 조금은 홀가분하게 자리로 돌아갈 수 있었다. 내일은 꼭 회사 근처 빵집에서 치아바타를 사오리라 다짐하면서.

아키코의 식당에서는 샌드위치 메뉴를 주문할 때 치아바타와 포카치아, 식빵 중 하나를 선택할 수 있다. 화면 바깥의 나는 언제나 치아바타 편이다. 공기를 폭신하게 머금은 치아바타의 포용력은 가히 독보적이어서 속재료로 무엇을 사용하든 근사한 샌드위치가 완성되기 때문이다. 급기야는 드라마 후유증이라 해야 할까. 냉동실에 얼려둔 치아바타가 전부 소진됐을 즈음 이제는 직접 구워볼 때도 되지 않았나 하는 소소하고도 까마득한 목표가 생겼다. 사실 그 목표는 이미 몇 번쯤 접었다 폈다를 반복한 목표이기도 했다.

얼렁뚱땅 평균치의 맛을 내는 제과류와 달리 제빵은 노련한 기술을 요하는 영역인 데다 공정이 복잡해서 선불리 덤벼들 엄두를 내지 못했다. 그러다 우연히 알게 된 '무반죽법'이 내게 용기를 주었다. 빵의 쫄깃한 식감을 책임지는 글루텐 형성을 위해서는 15~20분 정도 반죽을 치대는 과정이 필요한데 무반죽법은 이 과정을 과감히 생략함으로써 홈베이커의 윤택한 빵 생활을 돕는 기적의 기술이다. 가루 재료와 물을 대강 섞어 천천히 저온 발효시킨 반죽을 사방으로 접어가며 글루텐 구조를 만들어가는 원리다.

수많은 무반죽 치아바타 레시피를 탐독한 끝에 유튜버 '마카롱 여사'님의 방법을 따라해보기로 했다. 언젠가 트위터와 인스타그램에서 마카롱 여사님의 요리 레시피를 극찬하는 간증글을 스치듯 본 기억이 떠올라 괜히 신뢰가 갔다. 방법은 여느 무반죽법과 비슷하다. 강력분과 드라이 이스트, 소금, 설탕, 올리브 오일을 휘휘 섞은 반죽을 밀폐용기에 담아 실온에 짧게 둔 뒤 30분 간격으로 세 번에 걸쳐 접기를 하면 된다. 그런 다음 냉장고에서 12시간 숙성, 성형과 마지막 2차 발효(40분)까지 마치면 드디어 오븐으로 입장할 차례! 나의 계획은 이러했다. 금요일 밤 〈나 혼자 산다〉가 시작되기 전 반죽 작업 및 냉장 숙성. 토요일 아침 〈접속! 무비월드〉를 시청하며 성형과 2차 발효 진행. 틈틈이 반죽을 동글리는 손동작을 이미지 트레이닝하며 나름의 각오도 다졌다.

마침내 완성된 나의 첫 치아바타는 차마 먹지도 버릴 수도 없는 처치곤란한 맛이었다. 야심만만한 도전의 결과가 이리 시시할 줄이야. 잠시 중간 보고를 하자면 지금까지 두 번의 시도와 두 번의 실패가 있었고 여전히 나는 도전 중이다. 반면교사 삼기 위해 당시의 심정을 짧은 기록으로 남겨두었는데 그중 일부를 여기에 옮겨본다.

| 첫 도전 |

마카롱 여사의 무반죽 치아바타

아뿔싸. 막상 시작하려고 보니 강력분과 드라이 이스트의 유통기한이 무려 1년이나 지나 있다. 오히려 잘됐다. 실패 확률이 높으니 혹여 버리더라도 상심이 덜할 것이다. 30분 간격으로 폴딩 3회, 냉장고에서 밤샘 발효. 다음날 일어나자마자 성형을 마치고 오븐에 넣었다. 겉은 돌처럼 딱딱한데 속은 눅눅하다. 역시 유통기한 지난 재료가 문제였나. 기포는 제법 실하게 올라왔는데 알 도리가 없다. (덧붙임. 나중에야 알았다. 드라이이스트는 필히 냉동실에 보관해야 한다는 사실을. 내 드라이이스트는 이미 수명을 다했던 게 틀림없다.)

| 두 번째 도전 |

마카롱 여사의 무반죽 치아바타 반배합 버전

강력분과 드라이이스트를 구입했다. 다만 일반 강력분이 아닌 한살림의 앉은뱅이밀을 들였다. 최대한 변수를 줄여야 하거늘 초심자 주제에 욕심만 많다. 오리지널 레시피는 치아바타 4개 분량이지만 낭비를 막기 위해 반배합 버전으로 도전했다. 그런데 반죽부터 예감이 좋지 않다. 밀가루가 달라서인지 반죽의 질감이 확연히 다르다. 일단 실온 발효 시작. 집에서 가장 따뜻한 장소가 어디인지 고민하다 화장실 입구로 향했다. 언젠가 옹심이가 화장실 문 앞에 배를 깔고 누워 있길래 손바닥을 쓱 대보았는데 그곳이 바로 나도 몰랐던 아랫목이었다. 이어지는 기다림. 오븐을 열자마자 의외로 잘생긴 모양새에 오! 하고 감탄사가 절로 터져나왔다. 치아바타네, 치아바타야. 한입 떼어 맛을 보자마자 이번에도 역시 오, 오…… 하고 감탄사가 흘러나왔다. 다만 아까보다는 조금 풀이 죽은 목소리로. (덧붙임. 아랫목의 온기 역시 실패의 요인이었던 걸까.)

평범하게 사는 것이 가장 어렵다는데, 평범한 치아바타 역시 닿을 수 없는 목표처럼 영영 멀어져 가고 있다. 그렇다고 해서 잔뜩 의기소침해 있거나 분기탱천하여 마카롱 여사님의 영상에 악플을 다는 만행은 저지르지 않았다. 빵 반죽이 풍미를 끌어올리며 장시간 분투하는 사이 나는 나대로 정다운 시간을 보냈기 때문이다.
치아바타를 굽기까지 나는 바쁘게 한가롭다. 냉장고의 반죽이 휴식하는 동안 뭉친 승모근을 풀거나 눈에 거슬렸던 가스레인지의 묵은 때를 닦으며 시간을 보낸다. 오븐을 켠 뒤에는 빵이 타진 않을까 애태우느라 책의 같은 페이지를 읽고 잊고 다시 읽기를 반복한다. 싱크대에 기대어 앉아 원고 마감과 엄마의 환갑 중 어느 쪽에 더 일정을 할애할 수 있을지를 저울질하던 날에는 치아바타가 무슨 대수인가 싶어 낙담하다가도 스멀스멀 피어오르는 빵 익는 냄새에 마음이 금세 풀리고 말았다.

시인 문보영은 『일기시대』에서 "일기는 내가 무슨 소리를 지껄이는지 가장 치열하게 듣는 행위"라고 썼다. 그 정의대로라면 내게는 베이킹이 또 다른 방식의 일기 쓰기다. 산책 역시 마찬가지다. 취미 만보객인 나는 마지막 저녁 설거지를 끝낸 뒤 1시간씩 동네를 걷는다. 폭우가 쏟아져 개천 산책로가 막히거나 밤늦게 귀가할 때를 제외하면 거의 예외 없이 산책에 나선다. 고민 사연을 해결하는 팟캐스트를 듣는 날에는 나와 내 주변의 안위를 근심하기 바쁘다. 그렇게 세상 심각한 어른인 척하다가도 다리 밑에서 색소폰 연주에 심취한 아저씨를 마주치면 미래 따위는 홀라당 잊어버리게 된다. 봄에는 벚꽃과 살구꽃, 자두꽃을 분간하느라 수시로 걸음을 멈춘다. 덤불 속에 웅크리고 있다가 산책 중인 개를 향해 달려드는 너구리를 목격할 때면 쿵쾅대는 심장과 함께 여름이 도착했음을 실감한다. 계절과 나란히 걸으며 나는 바쁘게 한가롭다. 치열하게 듣고 느끼는 덕분에 나는 대체로 엉망진창이만 가끔은 지혜로운 사람이 된다. 시시콜콜한 시름과 손 쓸 도리 없는 고민들, K-장녀의 부채의식 모두 치아바타와 함께 뜨거운 열기에 구워 버린다. 알다시피 튀기고 구운 것은 뭐든 맛있다. 이런 망상도 지혜라면 지혜일까.

이 글을 쓰는 내내 도전이라는 단어를 반복했더니 오래전 SBS에서 방영된 〈특명 아빠의 도전〉이라는 프로그램이 불현듯 떠올랐다. 인터넷 검색을 해보니 1998년 출연자 가족의 자녀분이 작성한 블로그 포스팅이 마침 남아 있었다. 아빠의 도전 과제는 와인 8종 감별하기였다고 한다. 비록 실패였지만 가족의 즐거운 추억으로 남았다는 글을 읽으며 마음이 흐뭇해졌다. 출연을 계기로 크고 작은 시도들이 모여 지금의 나를 이룬 것 같다는 소회도, 어느덧 엄마가 되어 '엄마의 도전'을 이어가고 있다는 감회도 뭉클하게 다가왔다. 혹시 다리 아래에서 색소폰 연습을 하던 아저씨도 말하자면 아빠의 도전 같은 것을 이어가는 중이었을까. 어쩌면 방송 출연도 유명세도 없는 자신만의 스테이지에서 진검승부를 펼치고 있을지도 모른다.

그러고 보니 내가 단단히 착각한 사실이 있다. 도전에는 승과 패가 없다는 것. 오직 정면으로 맞서는 자신만 있을 뿐이다. 치아바타와 나 사이에는 푸근하게 부풀어 오르는 밀가루의 축복이 있다.

| 보늬밤 |

오늘 내게 가장 좋은 것

보늬밤을 만들며 2022년을 개시했다. 밤을 다듬는 동안에는 음악 경연 프로그램인 〈싱어게인〉 시즌 2를 틀어두었다. 서둘러본들 날카로운 칼날에 다칠 일밖에 없으니 음악을 들으며 슬렁슬렁 손을 움직인다.

보늬밤은 밤의 속껍질인 보늬를 남긴 뒤 형태 그대로 달큰하게 졸여 먹는 간식이다. 껍질 전체를 벗기는 게 아니라 두꺼운 외피는 날리되 알맹이를 감싼 얇은 막은 지켜내야 하기 때문에 만드는 과정이 무척 까다롭기로 유명하다. 밤을 까고, 깐 밤을 베이킹소다 녹인 물에 12시간 동안 담그고, 그 상태로 30분쯤 끓이다 깨끗한 물로 교체한 다음 다시 부르르 끓이기를 세 번 더. 그렇게 밤의 붉은 빛과 떫은맛이 물에 완전히 씻겨내려가면 마지막으로 설탕과 럼을 넣고 졸아들기를 기다리면 된다.

첫 번째 밤 껍질을 까기까지 걸린 시간은 약 7분. 아직 마흔 알쯤 남았는데 세 번째 밤을 까기도 전에 검지손가락과 그 주변 근육이 얼얼했다. 어깨와 날개뼈까지 욱신거릴 즈음엔 '아니, 누가 시키지도 않은 일에 왜 이리 열심인가' 싶어 헛웃음이 났다. 어째서 나는 새해벽두부터 온몸이 아려오는 고행을 자진하고 있는 것일까. 힘 조절에 실패해 보늬가 힐끗 벗겨진 밤을 한입 베어 무니 으깨진 과육 사이로 시원한 단맛이 올라왔다. 의식한 적 없지만 어쩌면 나는 이런 류의 소일거리로부터 일종의 유희와 평안, 자유를 맛봐왔을지도 모르겠다. 반드시 해내야 하지도, 해내기를 요청받지도 않았기에 가능한 즐거움. 성공하면 맛있고 실패해도 재미가 남으니 아쉬움이 없다.

새해에도 딱 이만큼의 헐렁한 자세라면 좋겠다. 이보다 더 절박하거나 간절해지지 않기를. 실수를 겁내지 않고 용감할 수 있기를. 작년보다 무엇을 더 이루고 더 잘하고 싶다는 바람 섞인 다짐은 어쩐지 망설여진다. 그때는 그것이 최선이었고, 가끔은 최선도 아닌 어중간한 지점에서 멈추기도 했지만 그 덕분에 낙오되지 않고 한 해의 레이스를 마칠 수 있었다고 생각하니까. '아직 컵에 물이 반이나 남았네' 싶은 마음. 딱 그 정도의 헐렁한 빈틈을 남겨두고 싶다. 그러고 보면 지난해에는 누가 시키지도 않은 바로 그 일들이 있었기에 감정에 지나치게 매몰되지 않고, '희'와 '노'의 낙차를 조금씩 줄이며 하루하루를 보낼 수 있었다. 그리고 은연중에 남은 그 헐렁한 마음가짐은 새해를 넘기고서야 신년 다이어리를 장만하는 데까지 이르렀다. 언제나 스케줄러와 노트가 결합된 형식의 다이어리를 써왔지만 올해는 먼슬리 페이지가 생략된, 날짜 칸과 괘선이 전부인 일력 타입을 선택했다. 오직 공백뿐인

신년 다이어리는 오늘을 기준으로 그 앞뒷날 정도만 조망할 수 있게끔 되어 있다. 페이지를 거꾸로 넘겨 과거를 되돌아볼 순 있지만 3개월, 6개월 뒤의 미래를 계획하기란 불가능하다. 고작 어제와 오늘, 내일에 관심을 기울이는 삶. 어쩌면 고작 그 반복일 뿐인데, 그 반복조차 어렵고 괴로워서 그 고작을 위해 분투하는 삶.

TV 프로그램에서 우연히 본, 제주 남원읍에 사시는 99세 할머니의 일기장은 벽돌로 차곡차곡 쌓아올린 견고한 단층집을 닮아 있었다. 일찍이 남편을 여읜 뒤 자식을 키우며 줄어가는 생활비와 은행 대출금을 기억하기 위해 쓰기 시작한 일기는 어느덧 할머니의 매일을 담는 그릇이 되었다. 눈에 띄는 건 할머니의 기록 방식이다. 더도 말고 하루 한 줄씩. 그보다 더 장황하게 쓰는 법 없이, 다만 하루도 빠트리지 않고 괘선을 채운다. 영자네 가서 갈비 구워 먹고, 비가 오고, 한복순이 집에 가서 놀고, 교회에 가고, 겨울옷 꺼내 옷장에 걸고, 병원에 가고 택시를 타고. 단 한 줄만이 허락된 일기장에는 희망이나 미래 같은 희미한 단어 대신 할머니 자신에게 오늘 가장 좋았던 것, 중요한 것이 쓰여 있다.

클로즈업된 할머니의 글씨를 따라 읽으며 나는 멋대로 믿어 버린다. 애써 남겨두지 않으면 달리 기억할 방도가 없는 순간들이 모여 단층집의 지붕을 이루고, 기대어 쉴 수 있는 벽이 되었을 것이라고. 아무 일도 없었던 하루야말로 실은 인생을 떠받치는 보이지 않는 기둥이라고.

사실 보늬밤을 만들기로 한 결심은 그보다 먼저 내게 도착한 연말 선물에서 비롯됐다. 지인이 건넨 작은 유리병에는 보늬가 온전하게 남아 있는 밤 다섯 알이 사이좋게 담겨 있었다. 만든 이의 시간과 정성이 압축된, 그러니까 선의로 달짝지근 졸여진 보늬밤 덕분에 나는 하루 하나씩 알맹이를 꺼내먹을 때마다 가슴 한구석에 드리운 그늘이 차츰 걷히는 기분이 들었다. 새해라는 명분 아래 마음에 윤기를 내보고도 싶은 의욕도 함께 생겨났다.

그렇게 족히 15시간을 쏟아부은 결과물은 선물로 받은 것보다 향이 약하고 어딘가 맛이 비어 있었는데, 역시 누가 만들었나 싶게 헐렁한 보늬밤이었다. 열기가 식기 전에 보늬밤과 조림 물을 유리병에 얼른 옮겨 담아 뚜껑이 아래를 향하도록 뒤집어 진공 상태로 만들었다. 유리병 옆면에는 생산일이 적힌 마스킹테이프도 붙였다. 선물로 보낼 것을 제하고 내 몫으로 남긴 보늬밤은 한 달간의 숙성을 거쳐 파운드케이크의 고명으로, 몽블랑의 크림으로 쓰일 예정이지만 사실 그건 아무도 모를 일. 겨울밤의 묘미는 한가득 쌓아놓은 귤과 보늬밤을 축내는 일이니까.

일기를 쓸 때 '오늘'은 반드시 피해야 할 단어 중 하나라고 배운 기억이 있다. 하지만 오늘만큼은, 오늘을 진하게 남겨두고 싶다. 새 다이어리를 펼쳐 "오늘은 보늬밤을 만들었다"라고 쓴다. 오늘 내게 가장 좋았던 것, 중요한 것은 오직 그뿐이었다.

| 망해도 괜찮은 베이킹 |

일단 양말부터 꿰매보세요

유독 잊히지 않는 유년 시절의 장면 하나가 있다. 원피스를 펄럭이며 아파트 놀이터를 종횡무진하던 해질녘 오후, 낮은 울타리를 넘던 중 치맛자락이 걸려 허리 재봉선이 우두둑 뜯어지고 말았다. 벌어진 구멍을 손으로 움켜쥔 채 나는 무리에서 벗어나 곧장 집으로 향했다. 누군가 뒤에서 내 이름을 부르는 듯했지만 뒤돌아보지 않았다. 부끄럽고 창피해서가 아니라 얼른 엄마에게 달려가 옷을 고쳐야 할 것 같아서였다.

그날 입은 블랙 도트 무늬 원피스는 재단부터 봉제까지 엄마의 손을 거쳐 완성된 옷이었다. 당시 엄마는 내 기억보다 훨씬 더 다채롭고 흥미로운 디자인을 시도했던 듯하다. 옆집 살던 한 살 터울 남자애의 조촐한 생일파티에서는 싱그러운 프릴 원피스를, 바다로 떠난 여름 휴가에서는 왼쪽 가슴에 꽃 코사지가 달린 민소매 원피스를 입혔다.

과감한 컬러와 패턴 선택을 서슴지 않던 엄마의 재능이 가장 빛을 발한 순간은 단연 초등학교 입학식이었다. 모직 재킷과 쇼트팬츠가 세트를 이루는 타탄체크 정장에 멜빵(서스펜더가 아니라 멜빵이어야 한다), 목이 긴 흰 양말로 TPO를 완성한 엄마의 눈썰미란. 덕분에 귀퉁이가 닳고 해진 사진 앨범에는 그 시절의 알록달록한 공기와 냄새가 고스란히 배어 있다.

코바늘에도 능숙했던 엄마는 그물처럼 뜬 레이스 장식을 전기밥솥 위나 유선 전화기 아래에 깔아 미감과 실용성 모두 살뜰히 챙겼다. 마치 텅 빈 공터에 꽃을 심듯 집 안 구석구석 애정을 기울였다. 그런데 언제부터였을까. 경쾌하게 코바늘을 꿰던 손놀림이 서서히 잦아들기 시작한 건. 앞꿈치로 발을 힘껏 굴러야 움직이던 구식 재봉틀이 어느 순간 작동을 멈추고 흔적도 없이 사라져

버린 것은. 예정된 수순처럼 그맘때쯤 우리 가족에게도 IMF의 여파가 찾아왔다. 빠듯해진 살림을 원상 복구하는 데 온 힘을 쏟아야 하는 형편에 시간을 들여 옷을 짓고, 집을 가꾸는 활동은 인생의 가장 후순위로 밀려났을 것이다. 엄마의 소박한 즐거움과 자부심은 조용히 빛을 잃어갔다. 그렇게 30년이 흐를 줄은 아무도 몰랐을 것이다.

까맣게 잊고 있던 엄마의 구식 재봉틀이 의식 위로 떠오른 건 방송에 소개된 어느 핀란드인 가족을 통해서였다. 핀란드 북부 발티모 숲에서 십수 년째 자급자족 중인 가족의 보금자리는 눈으로 덮인 깊은 침엽수림 한가운데 놓여 있다. 라세 씨와 마리아 씨, 이들의 두 자녀로 구성된 가족은 손에서 시작해 손으로 끝나는 생활을 영위한다. 숲에서 채취하거나 직접 기른 농작물로 음식을 요리하는 것은 기본. 가스레인지 대신 장작불을 떼어 조리하고, 수도 시설 없이 우물과 빗물을 길어다 최소한의 물로 설거지를 마친다. 휴지 대신 질 좋은 이끼를 사용해 뒷일을 처리하는 화장실 사용법은 시청률을 겨냥한 하이라이트 장면처럼 등장하지만 어디까지나 관찰자의 시선일 뿐 다섯 살 유스투스에게는 지극히 자연스러운 일이다.

낡았지만 깨끗하게 관리된 세간살이와 선반장의 말린 버섯들, 몸에 잘 맞게끔 늘어진 스웨터, 찬 공기를 덥히는 난롯불. 화면에서 눈을 떼지 못하면서도 나는 내내 심상한 표정을 짓고 있었을 것이다. 자급자족 라이프에 대해서라면 더 이상의 환상도 로망도 없는 데다 결정적으로 나는 스스로가 영 미덥지 못하다. 그럼에도 불구하고 온몸으로 삶을 밀고 나가는 뚝심과 체력, 자연과 타인을 착취하지 않으려는 선량한 노력만큼은 한번쯤 흉내라도 내보고 싶다는 생각이 들었다. 물레를 돌려 실을 짜고, 그 실로 만든 양모 슬리퍼를 내다 팔아 생활비를 보존하는 이들의 방식에 나의 미래를 겹쳐보기도 하면서. 하지만 나의 또 다른 자아가 그새를 참지 못하고 찬물을 끼얹을 것이다. 가소로운 꿈이네. 대체 무슨 수로?

그러자 지금껏 수백 수천 번 같은 질문을 받아왔다는 듯 화면 속 라세 씨가 입을 연다.

"양말부터 꿰매보세요."

그는 이끼로 엉덩이를 닦으라는 권유도, 당장 밖으로 나가 밭을 경작하라며 등을 떠밀지도 않는다. 자신처럼 살면 된다는 무책임한 말 대신 서랍을 열고 구멍 난 양말을 찾아 꿰매보라고 말할 뿐이다. 남은 털실로 올 풀린 스웨터를 짜깁고, 천 가방의 터진 구멍은 자투리 원단으로 덧대면서 야금야금 시도해보는 것만으로도 충분하다는 사실을, 라세 씨는 웃음기를 섞어가며 조금도 진지하지 않은 얼굴로 알려주었다. 그제야 마음이 풀어진 나는 가족의 움직임 하나하나를 좀 더 유심히 살펴보았다. 처음부터 이런 삶을 꿈꾼 건 아니라고, 결코 쉽지 않았다고 회상하는 마리아 씨의 말간 표정도 놓치지 않았다. 나는 엄마가 내게 남긴 유산들을 떠올렸다. 재봉이나 코바늘을 직접 배운 적은 없지만, 무언가에 골똘히 빠져 있던 엄마의 시간을 함께 통과한 나는 친구도 인터넷도 텔레비전도 없는 긴 겨울밤 자연스럽게 뜨개질을 시작하는 어른으로 자랐다.

한 달에 두어 번쯤 내가 먹을 만큼의 그래놀라와 두유 요거트, 비건 버터를 만든다. 뉴트리셔널 이스트와 아몬드 가루, 마늘 가루 등을 조합한 비건 파마산 가루도 파스타를 먹을 때마다 유용하게 쓰인다. 냉장실과 냉동실 칸칸마다 쟁여놓은 콩포트와 시럽, 크럼블 때문에 저장 공간이 부족

한 참사가 벌어질 때도 있지만 바라만 보아도 배가 부르고 든든해지는 경작물들이다. 어쩌면 솜씨 좋은 베테랑의 제품을 구매하는 것이 맛으로나 경제적으로나 나을지도 모른다. 아직 어설프기만 한 자체 생산 시스템은 실패 확률이 꽤 높기 때문이다. 남편 모르게 쓰레기통으로 직행하는 경우도 허다하다. 하지만 작은 밭을 일궈나가는 듯한 매일의 즐거움 덕분에 나는 망해도 망한 것이 아니다.

지난여름, 잠시 일을 쉬게 된 엄마와 함께 가족여행을 떠났다. 1년에 두어 번 만나는 게 전부인 우리라 노곤한 몸을 식탁에 앉혀놓고 늦은 밤까지 이런저런 대화를 나누던 중 어쩌다 화제가 문화센터에까지 이르렀다. 엄마는 지나가는 투로 미싱 수업을 들어보고 싶다고 했다. 의지에 가득 찬 말투는 아니었다. 과거의 추억에 흠뻑 젖은 나만 적극적으로 엄마를 부추겼다.

손으로 무언가를 만들게 되면 스스로에게 믿음이 생긴다던, 자신과 가족을 지지할 수 있다고 말하던 마리아 씨의 단단한 목소리를 마음의 나침반처럼 삼고 있다. 시간이 흘러 엄마도 나도 할머니가 되었을 때, 그저 나이가 조금 더 많고 적을 뿐인 할머니 친구가 되었을 때 우리는 무엇에 기대어 살 수 있을까. 각종 영양제와 오늘의 운세, 30평 아파트가 줄 수 없는 그 무엇을 알아내기 위해 일단 앞치마를 당겨 묶는다. 오븐을 켠다. 엄마는 엄마의 방법을 반드시 찾을 것이다.

| 비건 크림 |

너무너무 미운 맛

동물 착취를 소재로 한 고발성 다큐멘터리나 영상을 처음부터 끝까지 제대로 본 적이 없다. 그나마 두 눈 질끈 감고 시청하는 프로그램이 〈TV 동물농장〉이다. 투견 농장의 잔인한 실태라든가, 고양이의 몸을 파고든 가느다란 철사를 제거하기 위해 제보자와 구조단체가 발을 동동 구르는 현장을 지켜보다 보면 온몸이 저릿하고 손발이 땀으로 흥건해진다. 다행히 그 프로그램에는 고통 받는 동물뿐 아니라 안전한 장소에서 제 몫의 시간을 온전히 누리며 살아가는 동물들도 출연한다.

한번은 이틀 동안 집을 비우게 되어 방문 펫시터를 신청한 적이 있다. 1시간 동안 반려묘와 놀아주고 간밤에 싼 똥도 치워주는 고마운 서비스다. 담당 펫시터 분과 나는 오직 카톡으로만 대화하기 때문에 일면식이라곤 전혀 없었는데, 그런 그분을 전적으로 신뢰하게 된 계기가 있었다. 방문

시간 즈음 받은 카톡 메시지 때문이다.

"지금 〈TV 동물농장〉 할 시간인데 혹시 텔레비전을 틀어도 될까요? 동물 친구들을 보면 옹심이도 좋아할 거예요."

"하하 그럼요. 틀어주세요!"

사실 옹심이는 텔레비전 화면에 조금도 관심이 없는 고양이이고 그날도 〈TV 동물농장〉을 재밌게 시청했을 리 만무하지만 펫시터 분의 자상한 마음씨에 그저 감탄하고야 말았다.

평소 동물권에 관한 대부분의 정보를 책이나 르포 기사에서 얻는 편이다. 현실을 적나라하게 담은 영상보다 텍스트가 견딜 만한가 하면 꼭 그렇지만은 않다. 나를 통과한 무색무취의 단어들은 머릿속에서 검붉은 피가 되고, 숨이 멎을 만큼 고약한 냄새로 되살아난다. 들어본 적 없는 개 돼지 닭의 울음을 상상하느라 나는 내가 아는 가장 잔인하고 슬픈 소리를 떠올려야 한다. 그건 정말이지 괴로운 일이지만, 나는 인간에게 상상력이 있어 천만다행이라고 늘 생각해왔다. 라디오 PD이자 작가 정혜윤이 『뜻밖의 좋은 일』에서 쓴 것처럼 "당해봐야 안다는 말은 무섭고도 잔인한 말"이기 때문이다. 나 아닌 존재의 고통을 감히 상상할 수 있기에 우리는 거리의 길 잃은 개를 그냥 지나치지 못하고, 온라인 탄원서에 서명을 하고, 방송의 힘이라도 빌려보려는 작은 시도를 멈추지 않는다.

한동안 친구들 사이에서 넷플릭스 다큐멘터리 〈나의 문어 선생님〉이 화제였다. 일찌감치 '내가 찜한 콘텐츠' 목록에 저장해두긴 했지만 재생 버튼을 누르는 데는 다소 시간이 걸렸다. 달리 이유를 설명할 순 없지만 굳이 변명하자면 문어에 대한 개인적인 비호감 때문이라고밖에. 그런데 막상 이야기가 시작되고 나서는 걷잡을 수 없이 문어의 신비에 빠져들고 말았다.

제작자 겸 출연자인 크레이그 포스터는 번아웃에 빠져 더 이상 일을 할 수 없게 되자 유년기 추억이 남아 있는 남아공의 바다로 돌아간다. 어느 날 대나무 숲처럼 다시마가 무성히 자란 바다를 유영하던 그는 우연히 마주친 문어와 교감을 나누게 되고 그로부터 약 1년간 문어의 일상을 기록하기 시작한다. 영상 속 문어는 똑똑하고 재치가 넘친다. 기지를 발휘하여 천적으로부터 자신을 지키는 용맹함은 물론 다친 다리가 재생될 때까지 회복의 시간을 가지는 지혜를 보인다. 매일 자신을 찾아오는 인간의 손등에 빨판을 부비는 문어라니! 웬만해선 감상평을 나누지 않는 남편은 다큐멘터리가 끝나기 무섭게 가뜩이나 진한 눈썹에 힘을 주며 짧고 굵게 한 줄 평을 남겼다.

"이제 문어는 못 먹겠어."

사실 나는 그 말을 귓등으로 흘려들었다. 〈그것이 알고 싶다〉나 〈환경스페셜〉을 보고 난 뒤 으레 찾아오는 잠시 잠깐의 반성 정도로 여겼다. 하지만 그 다짐은 허풍이 아니었다. 남편은 제주의 문어 라면도 삼척의 문어 숙회도 거절했다. 한번은 이런 기사도 내게 먼저 들려주었다. 두족류 연체동물(문어, 오징어)과 십각류(게, 새우, 바닷가재)를 고통을 느끼는 인지적 존재로 인정하는 방향으로 영국의 동물복지법이 개정 중이라는 보도였다. 가끔 고기는 먹지만 문어는 절대 먹지 않는 남편만의 원칙은 이상하면서도 귀엽고 그래서 감동적이었다.

그런데 그의 모순을 열렬히 응원하는 것과 별개로 나는 나대로 숨겨둔 고민이 있었다. 유제품을 소비하면서도 베이킹만큼은 비건을 고집하는 태도에 부끄러움을 느끼는 나와 그런 자신을 비난하고 싶지 않은 나 사이의 팽팽한 긴장이 마음을 괴롭혔다. 하물며 나는 꿈에서도 나를 혐오한다. 바싹 구운 생선을 맛있게 먹는 스스로가 어찌나 징그럽고 진절머리나던지 몸이 바르르 떨릴 만큼 무서운 꿈이었다. 내가 비건 베이킹에 이토록 열을 올리는 이유가 버터와 우유, 치즈를 여전히 사랑하기 때문이라는 점 역시 혐오의 한 축을 떠받쳤다. 유제품을 과감히 끊은 시기도 있었지만 한입 두입 먹다 보니 이제는 공공연한 페스코테리언으로 살고 있다. 왜 하필이면 나는 메론빵보다 크림 메론빵을 더 좋아하는 사람으로 태어났을까.

비건 크림 레시피를 향한 나의 집착은 꽤 열렬하다. '피오니'의 생크림 케이크를 잊게 할 만족스러운 비건 크림 케이크를 만들고 싶다. 자괴감 따위 까마득히 날려버릴 만큼 짜릿하게 달콤한. 비건 디저트에 쓰인 크림은 대개 그 핵심 재료가 캐슈넛과 코코넛밀크다. 반나절쯤 물에 불린 생캐슈넛에 두유, 레몬즙, 메이플시럽을 섞어 갈거나, 차가운 코코넛밀크의 단단한 지방만 건져내어 슈가파우더를 넣고 휘핑을 치면 부드러운 크림이 완성된다. 여기에 두부, 고구마, 단호박을 추가할 수도 코코아파우더, 녹차가루를 첨가해 색과 맛을 입힐 수도 있다. 물론 이때의 크림은 질감이나 풍미, 향 등 모든 면에서 우리가 아는 그것과 전혀 다르다. 나는 그 사실을 익히 잘 알고 있으면서도 캐슈넛이나 코코넛크림으로 만든 디저트를 맛볼 때마다 실망에 빠지곤 했다. 내가 두 원재료를 얼마나 기피해왔는지를 매번 확실하게 깨달았을 뿐이다.

다행히 방법은 있었다. 회사 근처의 한 비건 베이커리 카페에서 두유를 베이스로 한 비건 크림치즈 케이크를 선보인다는 소식이 들려온 것이다. 신메뉴 출시일에 맞춰 한달음에 달려가 맛본 케이크는 더할 나위 없이 내 취향이었다. 두유의 산뜻한 풍미와 녹진한 텍스처에 감탄하느라 점심식사를 굶고 온 것이 조금도 아쉽지 않았다. 더군다나 비건 크림치즈 케이크의 레시피를 배울 수 있는 원데이 클래스까지 열릴 예정이라는 게 아닌가. 소중한 나눔의 기회를 놓치고 싶지 않은 사람은 나뿐만이 아니었는지 분초를 다투는 치열한 티켓팅 끝에 겨우 한 자리를 선점할 수 있었다.

클래스 당일에는 남편이 일일 운전사를 자처해 주었다. 수업 장소까지 대중교통으로만 2시간 남짓 거리이길래 간만의 데이트 겸 함께 밖을 나섰다. 수업에서 전수받은 케이크 레시피는 실로 당황스러울 만큼 단순한 배합이었다. 하지만 그 심플함 속에 담긴 단 한 꼬집의 킥이 비밀을 푸는 열쇠였다. 생각지도 못한 뜻밖의 재료를 알게 된 것만으로도 나는 어쩐지 의기양양해졌다. 얼마나 들떴는지 내 마음은 이미 각종 기념일과 행사, 크리스마스를 향해 달리고 있었다. 그때마다 내 손에는 두유 크림치즈 케이크가 들려 있다.

클래스가 끝난 뒤에는 한결 가벼워진 마음으로 비건 아이스크림 매장을 방문했다. 좀처럼 갈 기회가 없었던 곳인데 마침 그날 동선이 맞았다. 쇼케이스에는 제철 식재료로 맛을 낸 형형색색의 아이스크림이 보기 좋게 진열되어 있었다. 고민 끝에 한창 수확철을 맞은 초당옥수수 맛을 골랐다. 한입 베어 무니 캐슈넛 특유의 기름진 맛이 진하게 치고 들어오면서 나도 모르게 얼굴이 찌푸려졌다. 테이블을 둘러보니 다들 시원한 얼굴로 아이스크림을 즐기고 있는 듯했다. 사장님께 미안함을 느끼며 남편과 아이스크림 하나를 겨우 나눠 먹었다.

집에 도착해서는 함께 구매한 크림치즈를 개봉해보았다. 캐슈넛과 코코넛크림이 주재료임을 명확히 밝히고 있었지만 왠지 모를 오기가 발동해 집어든 것이었다. 역시나 크래커에 얇게 바른 크림치즈를 맛보기 무섭게 다시금 깨달았다. 역시 아니구나…… 도무지 타협할 수 없는 취향임을 인정할 수밖에 없었다. 씁쓸함을 뒤로 한 채 이번에는 냉장고에 넣어둔 두유크림 케이크를 한 조각 잘라 남편에게 내밀었다. "좀 더 차갑게 굳힌 뒤 먹어야 제대로인데"라는 첨언은 꾹 참으며 그의 한 줄 평을 묵묵히 기다렸다.

"어때?"

"…… 물에 젖은 카스테라 맛이야."

가뜩이나 진한 그의 눈썹이 너무너무 미웠다.

| 키쉬 |

짓는 사람, 파는 사람, 먹는 사람

처음 키쉬를 맛본 건 파리의 소르본 대학 근처에 있던 어느 카페에서였다. 경비를 아끼느라 입장료가 있는 관광지나 식당은 되도록 피해 다녔던 그때, 90일간의 여정 중에 누린 유일한 호사가 바로 키쉬와 카페 알롱제 한 잔이었다.

음식이 서빙되기 전까지 나는 내가 주문한 메뉴에 대한 정보가 전혀 없었다. 어떻게 발음할지 몰라 유리 쇼케이스에 진열된 음식을 손가락으로 콕 가리키며 점원의 얼굴을 물끄러미 바라봤을 뿐이다. 다행히 긴장한 손가락이 무색할 만큼 점원은 친절했다. 짧은 영어로 "웜 업?" 하고 묻길래 짧은 불어로 "위(네)" 하고 대꾸했다. 어설프게 튀어나온 대답이 신경 쓰였지만 어디까지나 나 혼자만의 멋쩍음이어서 태연한 척 잠자코 자리로 돌아왔다. 미지근한 플레이트에 서빙된 키쉬는 바삭함과 부드러움을 동시에 갖춘 능글맞은 인상이었다. 베이컨과 시금치, 양파 정도로 소박하게 속을 채웠을 뿐인데 어쩜 이리 푸짐하고 든든할까. 비에 젖은 도시를 종일 헤매느라 뾰족해진 기분이 일소에 해소되는 듯했다. "한 조각 더!"를 외치고 싶었지만 사방에 흩어진 부스러기를 꾹꾹 모아 입안에 털어 넣으며 아쉬움을 달랬다. 커피잔과 접시가 비워지기 무섭게 테이블을 정리해버리는 점원의 성실함이 어찌나 야속하던지.

그 이후 한국에서, 적어도 나의 생활 반경 안에서 키쉬를 맛볼 기회는 그리 많지 않았다. 얼핏 보기에는 원 플레이트의 간소한 음식 같지만 파이 반죽인 파트 브리제를 굽고, 속재료를 다듬어 조리하기까지 품이 많이 들어서일 테다. 나는 딱 한 번 비건 버전의 키쉬를 만들어 본 뒤로 다시는 시도할 엄두를 내지 못하고 있다. 홈베이킹의 가장 큰 장점은 좋아하는 재료를 양껏 추가할 수 있다는 것인데, 바로 그 점이 독이 되어 내 발목을 (아니 손목을) 붙잡았기 때문이다. 감자, 템페, 브로콜리니, 양파, 올리브, 방울토마토, 양송이버섯, 고기느타리 버섯 등을 씻고 썰고 볶는 동시에 베샤멜 소스를 준비하고 파이 반죽을 굽느라 가뜩이나 부실한 꼬리뼈를 고통에 빠트렸다.

키쉬는 가급적 밖에서 사먹는 편이 옳다는 쪽으로 의견을 굳히고 나니 비건 키쉬를 취급하는 베이커리를 발견하면 그렇게 반가울 수 없다. 특히 올해에는 제철 작물이 들어간 키쉬를 두루 맛보았는데, 한끼 식사로서의 든든함은 물론이고 재료를 다루는 방식과 만든 이의 가치관까지 함께 이해할 수 있는 특별한 식도락 경험이었다. 이를테면 발달장애 청년들이 농사 지은 네불라 토마토와 수제 허브 페스토로 맛을 낸 A베이커리의 채소 키쉬, 매장이 위치한 지역의 특산물인 장단

콩을 적극 활용한 B베이커리의 여름 키쉬, 폐기 처분에 놓인 30톤의 양파 대란 소식을 안타까워하며 그중 일부를 구입해 신메뉴를 출시한 C베이커리의 어니언크림 키쉬까지. 여러 사람의 수고와 시간에 기대어 설거지 걱정 없는 호사를 누렸다.

그러고 보니 나의 호사는 여기서 그치지 않는다. 저마다 다른 시기에 만난 키쉬 덕분에 나는 멀리 떠나지 않고서도 계절의 풍요를 누릴 수 있었다. 땅에서 일어나는 크고 작은 소요에 동참하고, 쉽게 요약할 수 없는 누군가의 시름에 귀 기울일 기회를 나누어 가질 수 있었던 것 역시도. 농사와 농촌을 주제로 한 책을 소개하는 서점 '책방 밭' 대표님의 저서 『한그루 열두 가지』에는 열심히 먹는 것만으로도 누군가에게 응원이 될 수 있다는 이야기가 나온다. 작물을 짓는 사람과 파는 사람, 나처럼 먹어주는 사람이 함께하는 것이 농사라니. 상부장 깊숙이 넣어둔 파이렉스 파이팬을 다시 꺼내 내가 감당할 수 있는 가장 크고 푸짐한 키쉬를 굽고 싶게 만드는 글이었다.

> 농사는 혼자서 하기에는 어려운 일입니다. 심는 사람이 있으면 키워주는 날씨가 있어야 하고 팔아주는 사람도 있어야 하고 먹어주는 사람도 있어야 하니까요. 다들 곳곳에서 열심히 드셔주시니 함께 짓는 것이나 다름없습니다.
>
> _ 박정미, 『한그루 열두 가지』

채소와 과일을 구매할 땐 아무래도 생산자의 얼굴과 이름이 공개된 상품에 먼저 관심이 간다. 방방 곳곳에 자신의 명예를 내건 사람이라면 얕은 속임수로 장바구니를 꾀진 않겠지. 그것이 철저히 계산된 마케팅의 일환이라 하더라도 카메라를 향해 미소 짓는 농민의 표정 앞에선 속수무책이 되고 만다. 하다못해 커리 페이스트를 구매하기 위해 태국 방콕의 슈퍼마켓 진열대 앞을 서성일 때도 나의 최종 선택은 치아를 훤히 드러낸 중년 여성의 얼굴이 찍힌 제품 아니었나.

얼굴에 대해서라면 작가 김한민이 자신의 책 『아무튼, 비건』에서 쓴 문장도 떠오른다. 최소한 얼굴 있는 것은 먹지 않는다. 그는 얼굴이 그 자체로 언어를 초월해 우리에게 말을 건다고 믿는 사람이다. 플라스틱 포장재에 부착된 스티커 속 농민의 얼굴, 눈을 감지 않는 생선의 얼굴, 국거리용으로 치환된 소의 얼굴, 인간의 토사물을 쪼아 먹는 비둘기의 얼굴. 새털구름과 양떼구름의 얼굴. 할미꽃의 얼굴. 수많은 얼굴들이 내게 수시로 말을 거는데, 나는 그때마다 시치미를 떼며 잠깐만, 잠깐만 하고 정면으로 바라보기를 미루고만 있다.

회사 근처인 명동에서 마르쉐가 열리는 날이면 점심 시간을 틈타 택시를 타고 부리나케 장을 보러 다녀오곤 했다. 함께 원정을 떠난 회사 동료 역시 한끼 식사에 진심인 타입이라 우리는 평소에도 '준혁이네 농장'의 토마토, '논밭상점'의 채소와 허브를 공동구매해 알뜰살뜰 나눠 먹곤 했는데 마르쉐에서도 의기투합을 발휘했다. QR 코드를 찍고 입장한 장터는 평일 낮임에도 불구하고 인파로 북적였다. 예전만큼의 활기와 기분 좋은 어수선함은 자제되는 분위기였지만 두둑해진 장바구니만큼이나 다들 신이 난 듯했다. 마스크로는 숨길 수 없는 살가운 눈빛들에서 코로나 이전의 낙관이 겹쳐 보이기도 했다. 나 역시 흥분을 감추지 못한 채 가판대의 수확물을 재빠르게 살피며 손을 뻗었다. 손톱 끝에서 종일 풋내가 풍겼다.

장보기를 한달음에 마치고 일터로 복귀하는 발걸음에는 대형마트를 빠져나올 때와 다른 생기와 에너지가 담겨 있었다. 당일 아침 수확한 보리수 열매와 신비 복숭아, 앙증맞게 익은 스위트피가 담긴 천가방을 달리는 택시 안에서 꼭 끌어안았다. 지난번 온라인 직거래로 구매한 스위트피와 분명 같은 것일 텐데 생산자로부터 직접 건네받은 스위트피는 왠지 더 귀하고 소중하게 느껴졌다. 이상한 소리지만 이것은 진짜라는 생각, 그런 얼토당토않는 생각이 착각을 만들어냈다. 아마도 그건 얼굴 때문이었을 것이다. 씨앗이 떡잎을 내고 열매를 맺기까지 실재하는 누군가의 땀과 노동이 존재한다는 당연한 사실을, 하지만 종종 잊고 마는 그 사실을 마르쉐에서 마주한 얼굴들이 내게 말해주었기 때문이다.

다가올 미래는 결코 예전과 같지 않을 것이라는

자연의 엄중한 경고를 두려워하면서도 동시에 자연이 내어주는 땅과 뿌리에 살며시 희망을 걸어보는 사람들과 함께여서 내 삶도 허기에 빠질 일 없이 무사히 이어지고 있다. 부지런히 먹는 것만으로도 보답이 될 수 있다는 사실이 그저 황송할 뿐이다. 스위트피의 깍지를 벗기며, 입가의 복숭아물을 손등으로 쓱 훔치며 나도 모르는 새 빚진 무수한 얼굴들을 떠올린다. 실은 떠오를 리 없지만, 그렇지만, 그려보기를 포기하지 않는다. 마침내 마주한 얼굴이 내게 무어라 말을 거는지 유심히 들어볼 것이다.

| 통밀빵 |

우리의 홀가분한 얼굴

저전력 모드로 사느라 한동안 베이킹과는 거리를 두고 지냈다. 몸과 마음을 갉아먹는 괴로움의 원인이라면 끝도 없이 늘어놓을 수 있다. 끼니마다 생기는 설거지, 궂은 날씨, 생리전증후군, 허리가 맞지 않는 청바지, 척추협착증, 답보 상태인 원고, 새벽 5시마다 집사를 찾는 고양이, 잎을 떨군 화분, 사흘째 널어둔 빨래, 아무도 줍지 않는 머리카락……. 이토록 착실하게 쌓여가는 지긋지긋함이라니, 어깨가 묵직했다. 그런 와중에 샤이니의 멤버 키가 "지겨워, 지겨워" 하고 궁시렁대는 모습을 TV로 훔쳐볼 때는 나도 모르게 흐뭇한 미소가 흘러나왔다. 동작마다 푸념을 늘어놓으면서도 바지런하게 살림을 돌보는 싹싹함이 귀여워서, 아니 내가 뭐라고 그를 기특하게 여길 일인지. 하여간 바쁜 일정 속에서도 자신을 방치하지 않고 주변까지 아우르려 애쓰는 노력이 생판 모르는 어느 시청자의 심금을 울렸다.

이리저리 툴툴대면서도 제 할 일을 미루지 않는 부류라면 일본 드라마 〈어제 뭐 먹었어?〉의 등장인물들도 결코 만만치 않다. 그중 주인공 시로는 한 달 식비 2만 5,000엔(한화 약 25만 원)으로 두 사람분의 식사를 차려내는 프로 살림꾼이다. 그에겐 적당히 벌고 정시 퇴근하는 일상이, 귀갓길에 들른 슈퍼마켓에서 타임세일 중인 식재료를 구입하는 루틴이 무엇보다 중요하다. 시로에게 저녁 식사는 "성가신 안건을 깔끔하게 해결한 정도의 충실한 느낌"을 들게 만드는 '위대한' 노동이기 때문이다. 쌀이 떨어져도 당황하지 않고 메뉴를 대체하는 순발력, 본가에서 받아온 떡 한 박스로 매일 다른 요리를 내놓는 유연함, 초특가 세일 중인 수박을 처음 만난 이웃주민과 절반씩 나눠 사는 뻔뻔함까지. 나는 시로의 살림력에 내내 감탄하면서도 한편으론 지나치다 싶은 그의 끼니 걱정이 징글맞았다. 어느 글쓰기 강연에서 남편 밥은 누가 차리느냐 묻던 질문자의 목소리가 가시처럼 콕 박혀 있기 때문일까. 출퇴근 없이 집에서 글 쓰는 여자에게 궁금한 것이란 밥 그 이상 그 이하도 아니라는 사실을, "저희는 각자 알아서 챙겨 먹습니다"라는 대답 뒤에 이어지던 찰나의 적막을 아직 잊지 못해서겠지.

하여간 천하무적 시로도 연이은 야근 앞에선 시들한 파처럼 기세를 펼치지 못한다. 저녁 식사 준비는커녕 간신히 소파에 널브러지고 만다. 다행히 동거인 켄지가 평소보다 두툼하게 만 계란말이와 죽을 준비해두었다. 생각해보니 그 옛날 엄마의 밥상은 누가 차려주었더라. 아이들은 어리고 남편은 늦은 밤에나 돌아오던 그때, 일을 마치고 귀가한 엄마가 무엇으로 허기를 채웠는지에 대한 기억은 이상하리만큼 떠오르지 않는다. 전자레인지에 언 밥을 해동시키는 사소한 장면조차도 없다. 뇌의 저장 공간은 한정적이고 기억에도 우선순위가 있다면 엄마의 끼니는 내게 아무런 특이점도 갖지 못했던 것일까.

독립한 뒤로는 거리를 핑계로 1년에 두어 번쯤 엄마의 집을 방문한다. 그때마다 나는 물을 꺼내는 척 냉장고 선반을 슬쩍 살펴보는데, 슬쩍이라고밖에 쓸 수 없는 건 그것이 타인의 책장을 눈여겨보거나 부엌 찬장을 덜컥 열어젖히는 것과 다름없는 조심스러운 행위여서다. 나는 딸이라는 구실 아래, 하지만 아주 당당하지만은 못한 태도로 냉장고를 힐끗 열어 엄마의 끼니를 짐작해보곤 했다. 냉장고 신선 칸은 대체로 고구마와 사과가 차지하고 있다. 아침은 집에서 구운 귀리빵과 사과, 찐 고구마. 점심은 밥과 몇 가지 반찬으로. 저녁은 먹지 않는다. 이대로 괜찮을까 싶은데 엄마는 이 정도가 알맞다고 했다. 작은 살림과 간소한 식사, 수영, 공원 걷기로 채워진 엄마의 일상에서 나는 이전에 없던 미묘한 활달함을 느꼈다. 지겨움으로부터의 해방이 아니라 지겨움으로 얻어낸 해방이라 해야 할까. 어떤 지겨움은 사람의 얼굴을 홀가분하게 만드는 듯했다. 지겹도록 사랑하고 애쓰고 닳아본 사람만이 획득할 수 있는 바람 같은 여유를 엄마는 즐기고 있는 것일까.

저전력 모드인 동안 나는 유튜브 영상을 보는 데 많은 시간을 할애했다. 부산을 떨 여력은 없어 눈으로 빵을 구웠다. 빈 유리볼 위로 와르르 쏟아지는 설탕, 반죽을 꼬집는 야무진 손가락을 하염없이 보고 있노라면 말라 있던 마음이 금세 폭신해졌다. 최근 나의 원픽은 유튜버 '독일빵고모'님이다. 자신을 한국인 빵고모로 명명한 분답게 깜빠뉴, 브레첸, 바게트 등 하드계열 빵을 마치 부침개 부치듯 대수롭지 않게 굽는 것이 관전

포인트. "살짝 덜렁거려도 괜찮아요." "우리가 아주 게으르다는 가정 아래 손가락에 반죽을 묻히지 않고 만드는 법 알려드릴게요." 빵고모님은 특유의 유쾌한 말투로 전 세계에 흩어져 있는 무기력한 빵조카들을 안심시킨다. 그 무기력들 중 한 사람이 나임은 두말할 것 없고.

늦은 밤 오븐에서 호밀빵을 꺼내며 "이런 게 사랑이지" 하고 콧소리를 내는 빵고모님의 조용한 열정을 나는 아무런 저항 없이 스무스하게 받아들였다. 정식으로 제빵을 배워본 적 없는 홈베이커임을 알게 된 뒤로는 신뢰가 더욱 깊어졌다. 그의 빵 이력에도 한때는 맛없음의 구간이 존재했을 테고, 일상을 휘젓는 온갖 지겨움 속에서도 맛있음을 향해 나아갔을 애정을 생각하면 영상에 소개된 노하우들이 더욱 소중하게 느껴졌다. 그렇게 밤마다 이불을 덮은 채 업로드된 영상을 역순으로 시청하기를 여러 날. 마침내 내 부엌에서도 쿠프(빵의 반죽 표면에 칼집을 내는 것)를 근사하게 벌린 통밀빵이 완성됐다. 빵을 굽는 동안 입고 있던 셔츠는 물론 이불과 옹심이의 뒤통수에서도 구수한 밀가루 냄새가 풍겼다. 자랑삼아 엄마에게 빵 사진을 전송했더니 그 즉시 오더가 들어왔다. 맛있어 보이네, 하나 보내 봐라. 예열이 필요한 오븐처럼 그제야 나의 의욕도 서서히 달아오르는 듯했다. 내친김에 통밀빵에 이어 바나나 케이크도 구웠다. 택배 박스의 남은 자리에는 신년에 만든 보늬밤을 채워 넣었다.

택배를 받아본 엄마는 바나나 케이크가 빵집에서 파는 맛 같다며 메시지 끝에 물결 부호를 연달아 붙여 보냈다. 자신 있었던 보늬밤도 호응이 좋았다. 반면 걱정했던 빵, 실수로 소금을 적게 넣어 무맛에 가까운 빵에 대해서는 별다른 코멘트를 받지 못했다. 엄마를 곤란에 빠트리고 싶지 않았으므로 나도 애써 묻지 않았다. 그저 다음번에는 빵에 곁들여 먹을 상큼한 당근 라페를 보내야겠다 다짐하며 종종 참고하는 요리책을 뒤적였다. 채칼로 당근 서너 개를 북북 갈 생각을 하니 벌써부터 손목이 욱신거리지만 나는 또 열과 성을 다해 당근을 채치고 있을 것이다. 올리브 오일과 화이트 비네거, 홀그레인 머스터드가 고루 섞이도록 팔을 휘젓고 있겠지. 신선한 빵과 당근 라페가 엄마의 일상에 활력을 불어넣어주길 바라면서. 어쩌면 내 표정에도 어떤 홀가분함이 스쳐 지나갈지도 모르리라 기대하면서.

| 두유 요거트 |

요거트를 빌려 드립니다

영국의 장애인 공동체 캠프힐에서 1년간 생활한 적이 있다. 타운에서 차로 10분쯤 떨어진 시골 한가운데 양떼를 풀어놓은 초록 언덕이 시야의 전부인 곳. 자원봉사자의 신분으로 그곳에 발을 내딛긴 했지만 돌이켜보면 대부분의 시간을 공동체의 일원으로서 관계를 맺고 일상을 살아가는 데 썼다. 함께 밥을 지어 먹고, 밭을 일구고, 주말 오전에는 가까운 언덕으로 산책을 나섰다. 12월에는 저녁마다 강당에 모여 크리스마스 연극을 연습했다. 그 모든 활동에 장애인과 비장애인이 함께였는데 사실 그런 구분은 일상에서 별다른 의미를 갖지 못했고 우리는 그저 서로의 이름을 부르고 기억하는 데 열심일 뿐이었다.

고작 1년을 살다 간 임시 거주민에게도 추억은 알뜰살뜰 쌓여갔다. 그중에는 '첫', '처음'이 붙는 경험도 제법 섞여 있다. 사소하게는 홈메이드 요거트를 처음 만들어 본 날처럼.

하루는 대뜸 요거트 한 스푼만 빌려 달라는 전화를 받았다. 엉겁결에 알겠다고 대답한 뒤 10분쯤 지났을까. 한쪽 옆구리에 밀폐용기를 낀 L이 자전거를 타고 정말로 집 앞에 나타났다. 어쩐지 한껏 신나 보이는 L을 부엌으로 안내한 나는 냉장고에서 스테인리스 양수 냄비를 꺼내 들었다. 그 안에는 아침에 먹은 요거트가 절반쯤 남아 있었다.

"그런데 이게 왜 필요한 거야?"

묻기 전까지 나는 전혀 알지 못했다. 새 요거트를 발효할 때 앞서 만들어 둔 요거트가 종균이 된다는 사실을. L은 언젠가 내가 시판 제품이 아닌 홈메이드 요거트를 먹는다고 말한 것을 기억해두었다가 쉬는 날에 맞춰 내게 전화를 건 참이었다. 아직 10대 후반임에도 요모조모 아는 것이 많은 L에게 나는 또 한번 놀라고 말았다. 정확히는 그 아이의 자립적인 태도와 그것을 가능케 하는 일상 기술에 감탄했다는 게 맞을 테지만. 아무튼 바느질과 가드닝, 지도 읽기에도 능한 L에게 “그래서 이게 씨간장 같은 거야?”라고 묻고 싶었지만 영어로 씨간장을 설명할 도리가 없어 잠자코 요거트가 담긴 밀폐용기를 건넸다. 안장 뒤에 요거트를 실은 자전거가 눈앞에서 휘리릭 사라지던 모습이 아직도 생생하다.

L이 다녀가고 얼마 지나지 않아 내게도 요거트 제조법을 배울 기회가 찾아왔다. 예전부터 홈메이드 요거트를 만들어 온 K가 비법을 전수해주기로 한 것이다. 준비물은 단출했다. 상온의 우유와 양수 냄비, 스패출러, 그리고 남겨둔 요거트 세 스푼. 우유가 담긴 양수 냄비를 가스레인지에 올린 K는 불을 약하게 줄이며 절대 끓어서

는 안 된다고 몇 번을 강조했다. 우유 표면에 작은 기포가 떠오르기를 기다리며 우리는 꺼질 듯 말 듯 흔들리는 불꽃을 멍하니 바라보았다. 대화는 사라지고 냄비 주변으로 안온한 적막이 흘렀다. 솔솔 잠이 쏟아졌다. 다행히 내가 방심한 동안에도 K는 타이밍을 노리고 있었다. "지금이다!" 요거트 세 스푼을 우유와 섞은 뒤 스패출러로 휘휘 원을 그리는 K에게서 나는 눈을 떼지 못했다. 냄비 안에 작은 회오리가 일었다.

따뜻하게 데워진 양수 냄비를 들고 향한 곳은 부엌 한 켠에 딸린 다용도실이었다. 영문 모를 얼굴로 한 걸음 물러서 있는 내게 K가 고갯짓으로 붙박이장을 열라는 신호를 보냈다. 안쪽에는 겨울 솜이불과 담요가 차곡차곡 쌓여 있었다. K는 땅속에 김장김치를 파묻듯 (물론 일본인인 그가 김장독 따위를 알 리 없지만) 솜이불 사이에 양수 냄비를 쑥 숨기더니 이제 됐다는 얼굴로 이불 더께를 툭

툭 두드렸다. 이대로 하룻밤 가만두었다가 내일 아침 꺼내 보라 했지만 궁금증을 이기지 못한 나는 그날 밤 기어이 요거트의 안부를 확인하러 나섰다. 조심스럽게 냄비 뚜껑을 열자 어둠 속에서 시큼한 냄새가 팡 하고 터졌다. 솜이불의 다정한 응원을 받으며 요거트가 보글보글 익어가고 있었다.

자타공인 요거트 애호가인 나는 아침 식사로, 간식으로, 야식으로 쉴 틈 없이 요거트를 먹는다. 여행지에서는 좀 더 집착적이다. 숙소에 들어가기 전 편의점에 들러 다음 날 아침으로 먹을 요거트를 구입하는 것이 하루를 닫는 중요한 일과일 정도다. 그러니 채식을 시작한 뒤 가장 시급하게 찾아본 레시피 역시 두유 요거트였다. 재밌게도 집집마다 내려오는 김장 비법이 있듯 각양각색의 비건 요거트 제조법이 인터넷에 공유되고 있었다. 재료의 차이가 있을 뿐 원리는 비슷했다. 따뜻하게 데운 식물성 음료에 종균을 섞고 발효시키면 순두부처럼 말갛고 순한 요거트가 완성된다.

이런저런 시도 끝에 내가 최종 정착한 식물성 음료는 두유이다. 호기심에 코코넛밀크를 발효시켜보기도 했지만 매번 망한 징조만 보이는 데다 특유의 달짝지근한 향을 맡으면 왠지 모르게 멀미가 났다. 오트밀크나 아몬드밀크는 단백질과 지방 함량이 낮아 요거트를 만드는 데 적합하지 않다고 한다. 시판 두유 중에는 매일유업의 '매일두유 99.89'가 가장 무난하다. 첨가물과 당분이 없고 결과물이 안정적인 편이라 비건 베이커들이 즐겨 쓰는 제품이다. 덧붙이자면 우리에게 친숙한 베지밀은 동물성 비타민 D3가 함유되어 있어 엄밀히 비건은 아니다. 조금 더 파고들면 요거트스타터로 쓰이는 프로바이오틱스 역시 논비건과 비건으로 나뉘어 있다. 다행히 요즘엔 비건 요거트스타터를 쉽게 구할 수 있어 이것저것 신경 쓰지 않고 간편하게 요거트를 만들 수 있게 됐다.

물론 3분 카레처럼 종균을 섞는 것만으로 요거트가 뚝딱 완성되지는 않는다. 여느 발효 음식이 그렇듯 세심한 관찰과 인내가 필요하다. 발효의 성공과 실패를 좌우하는 요인은 다양하지만 그 중에서도 적정 온도의 중요성은 몇 번을 강조해도 모자람이 없다. 종균을 넣기 전의 두유 온도가 40℃ 내외일 때 안정적인 배양이 이루어지기 때문이다. 과거 K가 누차 말했듯이 뽀글뽀글도 보글보글도 아닌 보-오글 단계에서 가스불을 꺼야 한다. 그보다 더 간단한 방법은 전자레인지에서 30초씩 돌리며 새끼손가락을 슬쩍 담가보는 것이다. 위생적이지는 않지만 꽤 정확하게 뜨뜻미지근한 온도를 감지할 수 있다. 낮잠 자는 고양이의 배에 손바닥을 슬쩍 올려본 사람이라면 더더욱. 선물받은 조리용 온도계가 서랍 속에 분명 있다는 것을 알면서도 나는 굳이 새끼손가락을 찔러 넣는다. 뜨겁지도 차갑지도 않은 뭉근한 온기가 손끝을 타고 찌르르 올라와 가슴에 닿는다. 내일이면 맛있는 요거트를 맛볼 수 있으리라는 희망찬 예감.

이제 기다림의 시간이다. 대개 12시간쯤 발효를 시키지만 계절과 실내 온도, 요거트의 점도에 따라 하루 정도 푹 쉬게 두어도 무방하다. 다만 종균이 풀이 죽지 않도록 온도 차가 크거나 서늘한 장소는 피해야 한다. 나는 열탕 소독한 유리병을 가제 수건으로 감싸 고무줄로 여민 뒤 온도가 비교적 일정하게 유지되는 전자레인지나 오븐에 보관하는 편이다. 한겨울에는 좀 더 도톰한 코트를 입혀주어도 좋을 테고. 잠들기 전에 요거트를 만들어두면 두근거리는 마음으로 아침을 여는 기쁨을 누릴 수 있다. 눈곱을 매단 채로 요거트 앞으로 달려가 유리병을 슬렁슬렁 흔들어보자. 잘 발효된 요거트는 푸딩처럼 탱글탱글 움직이는데 그 모습이 꽤 귀엽다. 그대로 한 스푼 떠먹으면 강릉 초당 순두부처럼 담담하고 슴슴한 맛이 천천히 퍼진다. 사람의 체온과 닮은 적정 온도의 요거트는 실컷 배불리 먹어도 탈이 없다.

종갓집 전통주를 운 좋게 맛본 적이 있다. 워낙 소량 생산되어 구하기 어려운 술이었다. 평소 술을 마시지 않음에도 한잔쯤은 꼭 마셔보고 싶었던 건 떠올릴 때마다 기분이 들큼해지는 일화 때문이다. 양조장을 책임지는 종부님의 말씀인즉, 기분이 가라앉거나 마음이 편치 않은 날에는 술을 빚지 않는다는 것. 살아 있는 것을 다루니 거친 마음을 품으면 술도 거칠어진다고 믿는 사람의 술이라면 취하고도 울지 않을 것만 같다.

종부의 헌신적인 태도에 감히 미치지 못하겠지만 나도 그 마음에 한껏 이입해본다. 요거트는 듣고 있다. 느끼고 있다. 알고 있다. 그렇게 생각하면 조금 아찔해진다. 지나치게 많은 말을 한 것 같아 침울한 저녁에는 아무래도 요거트 발효만은 피해야겠다.

| 포리지 |

일어나 뭐라도 먹어야지

더블린 시내의 한 호텔 레스토랑에서 조식을 먹기로 한 아침. 거리는 암막 커튼을 친 것처럼 그림자로 덮여 있었다. 사흘째 내리는 부슬비에 익숙해진 나는 5분 거리의 호텔을 향해 겅중겅중 뛰듯이 걸었다. 밖과 달리 레스토랑 안은 활기찬 분위기였다. BBC 라디오의 클래식 선율 사이로 심벌즈처럼 울리는 아이리시 악센트가 익살맞았다. 나는 뽀얗게 김 서린 안경을 손에 쥔 채 사람들의 눈에 띄지 않는 구석진 자리로 향했다. 가족 단위로 온 여행객 무리 사이에 섞여 있으니 외롭기보다 오히려 안심이 됐다. 나른한 하품이 섞인 듯한 조식 식당 특유의 공기가 마음에 들었다.

메뉴판의 양 날개를 넓게 펼치고서 나는 음식 이름을 하나하나 짚어나갔다. 설명을 읽는 것만으로도 위장이 아픈 잉글리쉬 브렉퍼스트를 지나 내 손끝은 '포리지'에서 멈췄다. 클래식 홈메이드 스타일부터 구운 배에 골든시럽을 뿌린 포리지, 베리 콩포트를 얹은 요거트 포리지, 제철 과일과 견과류를 곁들인 포리지 등 처음 보는 다양한 조합의 포리지가 나열되어 있었다. 나는 뜻밖의 배신감에 휩싸였다. 이제껏 내가 먹어온 포리지는 맹물에 오트를 보글보글 끓여 사과와 바나나 조각 몇 점을 얹은 게 전부인 청렴한 음식이었기 때문이다. 이토록 팬시하고 요란하게 멋을 낸 포리지 리스트가 있을 줄은 꿈에도 몰랐다.

오트밀이라고도 불리는 포리지는 납작하게 압착해서 말린 오트(귀리)를 물이나 우유에 넣고 끓인 음식이다. 포리지가 내 앞에 놓인 날의 미미한 충격을 잊을 수 없다. 평소에도 쌀로 쑨 죽이라면 질색하는 내게 허여멀건 포리지는 테이블 끝으로 멀리 밀쳐두고 싶은 대상이었다. 지금 당장 벽지를 발라도 될 것 같은 걸쭉한 질감이 입

맛을 뚝 떨어트리는 바람에 애꿎은 밀크티만 내내 홀짝이다 결국 자리에서 일어나고 말았다. 어느 정도냐면 세상에는 포리지가 끔찍이 싫은 나머지 피아노 뚜껑 안에 포리지를 몰래 쏟아붓는 사람들이 있을 정도다. 영화감독 도리스 되리의 아버지와 그의 사촌의 이야기다.

나와 한집에서 살고 있던 K는 포리지가 영국인의 아침 식사로, 특히 겨울철에 즐겨 먹는 메뉴라는 사실을 알려주었다. 그러고 보니 그가 처음 포리지를 만들어준 시점 역시 섬머타임이 해제된 11월 즈음이었다. 본격적으로 겨울 시즌에 돌입한 이후로는 하루도 빠짐없이 식탁에 포리지가 올랐다. 나는 어떻게든 피하려 애썼지만 선택의 여지가 없었다. 햇볕 한 줌 들지 않는 차가운 부엌에서 먹는 시리얼은 모래알처럼 버석거려 삼키기가 힘들었기 때문이다. 더구나 돌아가며 아침 당번을 맡았기에 별 수 없이 포리지 끓이는 법을 배워야만 했다. 첫날은 그야말로 난리법석이었다. 수분을 순식간에 흡수하는 줄 모르고 강불로 펄펄 끓이다 냄비에 바싹 눌러붙은 누룽지를 만들어버렸다. 사실 물기를 촉촉하게 머금은 포리지를 완성하는 데 특별한 비법이 있지는 않았다. 냄비에서 시선을 떼지 않은 채 주걱을 쉬지 않고 젓는 것이 나름의 요령인데, 가끔은 그마저도 딴생각을 하다 타이밍을 놓치기 일쑤였다. 정직하고 단순한 조리방식이지만 그래서 더욱 까다로운 것이다.

완성된 포리지는 주사위 크기로 작게 자른 사과와 바나나로 수수하게 장식했다. 먹기 직전 우유나 요거트를 추가하는 것이 K만의 방식이었음을 알게 된 건 나중의 일이다. 내 취향은 당연히 요거트 쪽이었다. 차가운 요거트가 섞인 포리지는 입안에 머금기 딱 좋을 만큼의 부드러움과 온기를 띠었다. 부족한 식감은 사과가 채워주었고 중간중간 씹히는 바나나가 감칠맛을 더했다. 크게 한입 떠먹을 때면 오븐에 넣은 쿠키 반죽처럼 웅크려 있던 몸이 부풀어 오르는 듯했다. 그렇게 나는 얼렁뚱땅 포리지의 팬이 되고 말았다.

> 비가 부슬부슬 내리고 뼛속까지 바람이 스며들던 날, 포리지는 너무도 위로가 되는 식사였다. 마치 작고 따뜻한 전기방석을 얻은 것처럼 그 느낌이 놀라울 정도로 오래 지속되었다. 나는 포리지의 팬이 되고 말았다.
>
> _도리스 되리, 『미각의 번역』

긴 겨울의 터널을 빠져나올 무렵이면 구수한 포리지 냄새도 부엌에서 조용히 사라졌다. 이제는 오트를 바삭하게 구울 차례였다. 아몬드, 호두,

건포도 등을 섞어 노릇노릇 구운 뮤즐리를 틴케이스에 가득 채워두면 일주일 만에 동이 났다. 그렇게 계절을 한 바퀴 돌고 나니 동절기에는 포리지, 하절기에는 뮤즐리라는 공식이 머릿속에 새겨졌다.

그때로부터 10년이 흐른 지금도 싱크대 하부장에는 오트 한 봉지가 구비되어 있다. 일종의 상비 식량, 구급약이랄까. 예전처럼 아침 식사로 포리지를 챙겨 먹는 일은 드물지만 코끝이 찡하도록 서늘한 날에는 따끈한 포리지에 마음을 의탁하곤 한다. 밀크팬에 오트 한 줌, 두유와 물을 반반 붓고 뭉근히 끓이다 보면 어느새 포리지가 두 배쯤 불어나 있다. 그 두 배쯤의 양이 마음을 두둑하게 만든다.

얼마 전까지 출퇴근을 하는 데 꼬박 왕복 3시간을 썼다. 아침에는 비몽사몽인 채로 인파에 휩쓸려 가느라 힘든 줄도 몰랐는데 귀갓길은 서울에서 제주만큼 멀었다. 두 번의 버스와 세 번의 지하철 환승 끝에 집에 도착했을 땐 손가락 하나 까닥할 힘조차 남아 있지 않았다. 배가 고팠다. 나와 남편은 식습관이 꽤 달라서 각자 저녁을 차려 먹는다. 내 쪽에서 먼저 거절한 것이라 그가 식사를 챙겨주지 않는 것에 대해선 조금의 섭섭함도 없다. 오히려 나는 피곤할수록 더욱 요리에 집착하는 편이다. 괴로운 순간마다 스스로에게 기대는 데 익숙한 사람이라서. 열심히 먹이고 위로한다. 줄곧 이런 태도를 뿌듯하게 여겨왔지만 사실 이제는 그마저도 잘 모르겠다. 어쩐지 그 사람은 뒷짐을 진 채 헛기침만 하는 외로운 노인으로 늙을 것 같기도 하다.

내게 포리지는 혼자를 위한 음식, 겨울의 양식에 가깝다. 자리를 털고 일어나 뭐라도 먹어야지 싶을 때 포리지는 언제나 옳은 선택이었다. 하지만 거꾸로 이런 풍경도 재미있겠다. 매미가 찌렁찌렁 우는 복날에 한 솥 가득 끓인 포리지를 사람들과 나눠 먹는 이열치열의 풍경 말이다. "포리지를 큰 그릇으로 한 대접 먹자 기운이 조금 돌아"온 해리 포터처럼 제철 과일을 듬뿍 올린 따뜻한 포리지로 여름의 고비를 넘겨봐도 좋겠다. 친구들이 지레 겁을 먹고 포리지를 몰래 숨겨 버리는 일만큼은 부디 없어야 할 텐데.

| 아침의 빵 |

춥고 긴 밤을 통과해야 할지라도

캠핑을 시작한 지 2년쯤 되었다. 60리터와 45리터 배낭 각각에 텐트, 침낭, 경량 의자, 코펠 세트 등을 간단히 꾸려 소꿉놀이하듯 다녔는데 얼마 전 차를 구입하면서 캠핑 장비가 기하급수적으로 늘어났다. 조립식 간이 테이블은 4인용 식탁에 자리를 내주었고 폴딩박스에는 집에서나 쓰던 살림살이가 한가득이다. 시에라 컵 하나로 충분할 것을 굳이 밥그릇과 국그릇을 따로 준비하고, 즐겨 쓰는 거즈 행주와 리넨 키친 클로스도 종류별로 챙겼다. 백패킹을 할 때는 소박하고 단출한 캠핑 방식이 마음에 들었다. 근육이라곤 없는 하찮은 어깨 위에 집을 싣고 걷는 것이 신기해서 그 모습을 몇 번이고 사진으로 남겨두기도 했다. 그런데 이 수고로움을 대신할 차가 생기고 나니 다시는 배낭을 짊어지지 않을 사람처럼 굴고 있다. 마치 캐리어를 끌고 호화 크루즈에 올라 탄 노년의 관광객이 된 기분이다.

하지만 아무렴, 백패킹이든 오토캠핑이든 캠핑은 신나는 일이다. 나처럼 어디서든 조심조심 걷고 동네 밖을 좀처럼 벗어나지 않는 내향인 어른에게 캠핑은 자신 안에 숨어 있던 곰을 발견하는 작은 계기가 된다. (어째서 곰인가 하면, 내게 곰은 세상의 끝으로 긴 여정을 떠나는 곰, 잃어버린 자유를 찾아 떠나는 곰의 이미지로 각인되어 있다. 용감한 곰 이야기는 무루 님의 『이상하고 자유로운 할머니가 되고 싶어』에 자세히 등장한다.) 양지바른 장소에 텐트를 세우는 체력, 끼니를 해결하기 위한 노동, 불씨가 꺼지지 않도록 지켜보는 나긋한 마음, 마치 이곳에 없었던 사람처럼 깨끗하게 흔적을 지우는 노력들의 종합이 캠핑의 묘미다. 무엇보다 텐트가 바람에 휩쓸려가지 않도록 땅 아래 팩을 단단히 박을 줄 아는 사람이 되었다는 사실이 기쁘다. 아슬아슬 흔들리는 타프 기둥을 바로 세우고 지붕을 활짝 펼치는 순간에는 어디서든 잘 먹고 잘 살 수 있을 것만 같은 자신감이 차오른다. 그렇게 굶어죽지 않고 무사히 집으로 돌아올 때마다 나만의 모험담이 차곡차곡 쌓인다.

생뚱맞게도 나와 남편의 첫 캠핑은 일본 홋카이도였다. 모르면 용감하다더니 캐리어와 배낭에 최소한의 장비와 옷가지 정도만 챙겨 떠났다. 첫째 날 정박지는 고급 아웃도어 브랜드 '스노우피크'에서 운영하는 캠핑장. 전실이 달린 으리으리한 사이즈의 텐트와 캐러반 사이에서 우리의 작고 소중한 2인용 텐트는 단연 독보적이었다. 주변을 둘러보니 부엌 전체를 옮겨왔나 싶을 만큼 다들 규모가 굉장했다. 한쪽에선 장작 연기가 피어오르고 아이들은 반려견과 함께 텐트 사이사이를 뛰어다녔다. 애수에 잠긴 표정으로 나는 그 모든 풍경을 촘촘히 눈에 담았다. 앞으로 어떤 악몽이 펼쳐질지 꿈에도 모르는 얼굴로.

그러니까 산 중턱의 4월을 허투루 본 것이 탈이었다. 쌀쌀 맞네 싶었던 밤공기는 새벽이 가까워질수록 뾰족하게 날을 세우며 텐트 안으로 침투했다. 배꼽 부근에 핫팩을 붙이고 몸을 웅크려 체온을 모아봤지만 소용없었다. 한참을 뒤척이다 먼저 잠이 든 남편을 순간 흔들어 깨워버릴까 싶었다. 매서운 추위 앞에서 나는 불행에 사무친 몹쓸 이기주의자가 되고 말았다.

마지막으로 눈을 떴을 땐 후텁지근한 열기가 눈꺼풀 위로 떨어져내리고 있었다. 죽은 듯이 잠들었구나 싶었는데, 시간을 확인해보니 겨우 오전 5시 반이었다. 수축해 있던 근육이 이른 햇살 아래에서 말랑말랑해지는 것을 느끼며 나는 그제서야 마음껏 안도했다. 허기가 밀려왔다. 이슬이 내려앉은 풀밭에 캐리어를 깔고 어젯밤 편의점에서 산 오니기리와 세척 포도, 요거트를 푸짐하게 차렸다. 배탈이 나지 않도록 차갑게 식은 쌀알을 입안에 굴리며 꼭꼭 씹어 먹었다. 캠핑이 재밌는지 힘든지 아직은 알다가도 모르겠는 채로, 다른 좋은 일 없이 그저 아침이 도착했다는 순전한 사실만으로 우리는 쉽게 행복해졌다.

홋카이도에서 돌아온 이후 내게 캠핑은 아침을 기다리는 행위가 되었다. 어제와 다름없는 평범한 아침 햇살을 온몸으로 맞이하기 위해 애써 밖을 나서는 것이다. 이것은 내가 선택한 판타지다. 얇은 폴리에스테르로 세운 움막을 집이라 부르며 포근해할 때, 아파트 청약 당첨에 광탈한 순간의 좌절은 아주 먼 우주에서 벌어지는 우스꽝스러운 사건처럼 느껴졌다. 집의 크기만큼 짐의 규모도 자연히 소박해졌다. 채식을 시작한 뒤로는 특히 더 그렇다. 예전에는 전날 먹고 남은 부대찌개에 햇반이나 라면을 넣어 거나하게 아침을 차렸다면 이제는 커피와 함께 집에서 구운 머핀으로 조촐하게 식사를 한다. 현미와 귀리가루를 배합한 얼그레이 머핀은 어제보다 오늘이 더 맛있다는 것이 기정사실이다. 어제 만든 카레처럼 진한 얼그레이 시럽이 재료 깊숙이 스며들어 밤새 맛이 무르익는다. 덕분에 카레와 파운드케이크를 만든 다음날은 유독 일찍 배가 고프다. 어서 아침이 왔으면 바라게 된다. 이 모든 기다림들이 모여 인생이 되었으면 좋겠다. 때로는 춥고 긴 밤을 통과해야 할지라도.

| 빵과 다이어트 |

나의 최우선 과제

테이프 클리너를 돌돌 굴리며 소파에 엉겨 붙은 고양이 털을 제거하던 일요일 아침. 청소를 끝내고 몸을 일으키려는 찰나 꼬리뼈에서 발가락까지 찌릿 전류가 흘렀다. 날카로운 허리 통증이었다. 그대로 바닥에 주저앉으며 외마디 비명을 질렀더니 깜짝 놀란 옹심이와 남편이 오종종 몰려와 나를 둘러쌌다. 괜찮냐는 물음에 나는 대답 대신 상반신을 좌우로 천천히 움직여 보았다. 가끔 의자를 옮기거나 택배 박스를 포장할 때, 그러니까 허리에 무게가 집중되는 자세를 취할 때 비슷한 증상이 나타나긴 했지만 이날처럼 몸이 대책 없이 무너진 적은 처음이었다.

꼼짝없이 2시간을 누워 있었을까. 천장을 하염없이 노려보다가 '지금쯤이면……' 하고 상체에 힘을 주면 나도 모르게 악 소리가 터졌다. 시간이 조금 더 흘렀을 땐 네 발로 기어 화장실을 갈

수 있게 되었지만 안심은커녕 더욱 절망적인 기분에 빠졌다. 이것이 겨우 예고편에 불과하다는 사실을 단단히 직감했기 때문이다. 아니나 다를까 MRI 검사에서 허리 디스크에 문제가 있다는 소견을 받았다. 아직 디스크가 터지진 않았지만 가능성이 다분하고 이를 대비하기 위해선 역시 운동, 운동뿐이라고 의사는 누차 강조했다. 나는 집단지성의 힘을 빌렸다. 조금만 둘러봐도 조언은 차고 넘쳤다. 척추계의 스테디셀러부터 읽어라, 도수 치료를 꾸준히 받으면 도움이 되더라, 주사 치료는 차선으로 미루는 게 좋다 등등. 본인이 아니더라도 "내 친구가" "우리 엄마가"로 시작되는 디스크 간증이 이어졌다. 가만 정보를 모아보니 어떤 처방을 선택하든 돈과 시간 양쪽 모두의 투자가 필요한 듯했다. 일단은 고시생 방석으로 유명한 로얄 퍼플 방석부터 구매했다. '허리를 피면 수술비 1,700만 원을 번다'는 트위터 밈을 생각하면 10만 원짜리 방석쯤은 매우 합리적인 소비처럼 느껴졌다. 무게 하중을 분산시키는 원리라는데 과연 앉아보니 쿠션이 내 몸을 거뜬히 떠받치는 듯한 신묘한 방석이었다.

로얄 퍼플 방석이 당장 투입 가능한 긴급 처방이라면 요가는 장기적인 관점에서 선택한 안전 방지책이었다. 마침 눈여겨본 집 근처 요가원에서 6개월+1개월 수강권 특가 이벤트를 진행하고 있길래 체험 수업도 생략하고 부랴부랴 수강료를 지불했다. 굳이 무리해서 현금으로 결제한 건 나의 강력한 의지 표명이라 해두자. 정신없이 자세를 따라하기 바빴던 첫 주를 지나, 출석 도장을 한 달쯤 채운 무렵에는 저조한 컨디션 속에서도 발바닥부터 에너지가 차오르는 낯선 감각이 찾아왔다. 무엇보다 요가를 통해 얻은 가장 큰 깨달음은 몸 구석구석을 잇는 관절과 근육의 쓰임이었다. 늘 불만이었던 오리엉덩이가 실은 골반이 틀어진 결과이며 이로 인해 몸의 균형이 무너지고, 어깨와 등이 말리고, 365일 내내 종아리가 부종에 시달리며, 머리를 감다가 타일 바닥에 털썩 주저앉고 마는 상황으로 이어진 것이었다. 내 몸 사용법을 제대로 숙지하지 못한 탓이다.

요가가 일으킨 작은 날갯짓은 생활 전반에도 영향을 미쳤다. 퇴근 후 수련을 마치고 나면 밤 10시가 훌쩍 지난 시각이라 에어프라이어에 구운 두부 반 모와 방울토마토, 표고버섯으로 허기를 달래야 했다. 역류성 식도염에 시달리던 시기라 소화에 무리가 없는 간소한 식사가 잘 맞았다. 그런데 의도치 않은 저칼로리 채소 식단과 요가가 흡사 다이어트의 효과를 낳았다. 슬그머니 윗배가 들어가더니 지하철 좌석에 앉을 때마다 복부를 조이던 바지가 헐렁해진 게 아닌가. 어느 날부터인가 나는 서랍에 묵혀둔 짧은 모직 팬츠를 조용히 꺼내 입어보며 눈바디를 체크하기 시작했다. 20대 때 산 그 모직 팬츠는 스판기 없는 탄탄한 재질이라 몸의 변화된 사이즈를 가늠하는 척도 역할을 했다. 그렇게 인생에서 가장 마르고 갸날팠던 시기의 몸을 기준으로 삼으며 내가 느낀 감정은 다름 아닌 희열이었다.

'마른 55사이즈'를 무난하게 소화하던 그 시절은 내가 1년간 고기를 먹지 않던 시기와도 겹쳤다. 비건 지향은 물론 비건이라는 단어조차 생소했던 그때는 채식을 시도한 계기 역시 지금과는 전혀 달랐다. 간만의 소고기 파티가 화근이었다. 급하게 먹은 고기가 탈이 나는 바람에 퇴근길 지하철 개찰구에서 구토를 하고 만 것이다. 평소 육식파는 아니었지만 고기를 향한 욕구가 완전히 소멸한 건 이때가 처음이었다. 재밌는 건 그 이후 벌어진 일련의 사고 흐름이다. 고기를 먹지 않는 식습관은 얼마 지나지 않아 다이어트로 이어졌다. 애초의 목표는 체질 개선이었다. 겨우 고기 몇 점에 무너진 몸을 바로 세우기 위해 나는 육류뿐 아니라 밀가루와 레토르트 식품마저 단호하게 끊었다. 매일 한 봉씩 해치웠던 포카칩도 더는 입에 대지 않았고, 위에 부담을 주지 않기 위해 식사는 오후 7시 전에 마무리했다. 몸은 빠르게 변화했다. 툭 하면 말썽이던 장 트러블이 잠잠해지면서 성인 여드름이 줄어들고, 만나는 사람마다 안색이 맑아졌다며 내게 희소식이라도 있는지 근황을 물어왔다. 타인의 시선을 통해 전해 듣는 피드백은 촛불처럼 흔들리던 의지를 단숨에 들끓게 했다. 나는 내장지방이 서서히 떨어져나가는 과정을 실시간으로 지켜보며 줄어든 허리둘레가 마치 우수한 성적표라도 된 듯이 자랑스러워했다. 불과 얼마 전까지 내 몸의 굴곡과 칼로리에 무관심했던 나로서는 전에 없던 종류의 쾌감이었다.

열의에 찬 나는 좀 더 노골적이고 확실하게 식단을 관리하기로 결심했다. 그 노력의 일환 중 하나는 밀가루와 버터를 쓰지 않는 빵을 찾아내는 것이었다. 요즘이야 천연발효종, 비건, 글루텐프리 등 선택의 폭이 다양하지만 당시만 하더라도 파리바게트와 뚜레주르가 동네 골목을 주름잡던 시기였다. 인터넷 검색 끝에 발견한 빵집은 집에서 40분쯤 떨어진 곳에 위치해 있었다. 오직 통밀과 호밀만을 사용하는 건강빵 콘셉트로 벽에는 당뇨, 아토피, 알레르기 등 식이 질환에 대한 정보가 빼곡히 붙어 있었다. 둘러보니 손님 대부분이 중년층인 듯했다. 빵집에서 산 통밀 100퍼센트 식빵은 냉동실에 넣어두고서 아침마다 한 쪽씩 해동시켜 먹었다. 이튿날 퍼석하게 녹은 식빵을 입에 물고 허겁지겁 지하철로 향하며 끼니를 해결하던 그때가, 기초대사량이 현저히 떨어진 지금으로서는 도무지 상상이 되지 않지만.

어느 비건 베이커리의 SNS 계정에서 우연히 이런 댓글을 본 적 있다. 비건인데 왜 밀가루를 사용하느냐는 질문이었다. 비건이라면 통밀이나 귀리, 현미가루를 써야 되지 않느냐는 나름의 의문 제기였다. 최근 다이어터들 사이에서 '입터짐'을 방지하기 위한 먹거리로 비건 빵과 디저트가 인기를 끌고 있다. 느슨하게 짐작해보더라도 다이어트 산업에서 비건이 유효한 셀링 포인트로 자리잡은 것만은 분명해 보인다. 나는 이 같은 흐름이 흥미로우면서도 한편으론 복잡한 마음이 든다. 비건이 무엇을 먹을 것인가에 대한 선택을 넘어 생명과 환경에 대한 존중, 소비와 착취의 영역까지 아우르는 운동임을 떠올렸을 때 더욱 그렇다. 하물며 정제/비정제 설탕 대신 에리스리톨과 스테비아 같은 대체 감미료를 넣어 제로 칼로리임을 강조한 빵이나 단백질 함량을 높이기 위해 식물성 단백질 파우더와 병아리콩 가루를 배합한 제품 모두 마치 비건의 한 갈래처럼 나란히 소비되고 있다. 버터, 계란, 젤라틴 등 동물성 식품을 사용하지 않았다는 점에서 일견 비건임은 맞지만 제품 설명글의 맨 첫 줄에 건강하게 살을 뺄 수 있는 탄수화물이라는 안내가 먼저 등장할 때면 어떤 이슈든 기승전-다이어트로 소화시켜버리는 이 사회의 한결같은 패턴에 혀를 내두르게 된다. 하마터면 비건 빵을 왜 밀가루로 굽느냐는 질문에 나도 모르게 고개를 끄덕일 뻔했다.

고백건대 나 역시 기승전-다이어트로 이어지는

한결같은 패턴에서 아직 자유롭지 못하다. 3~5킬로그램 사이에서 증량과 감량을 1년 단위로 되풀이하고 있다. 대체로 스트레스가 극도로 치닫는 구간 동안 살이 쪘다. 나는 불안과 허기를 구분하지 못했고, 밤마다 앉은자리에서 꼬북칩 한 봉지를 먹어치웠다. 혀끝에 남은 다디단 꼬북칩은 무엇으로도 대체할 수 없는 가장 확실하고 값싼 위로였으니까. 그렇게 며칠 몇 달 몸을 방치하다 보면 어느 순간 더는 귀갓길에 꼬북칩을 사지 않는 날이 찾아왔다. 이튿날 먹을 현미를 미리 물에 불리고, 밀가루 대신 통밀가루로 스콘을 굽는 나로 특별한 계기 없이 다시 돌아가는 것이다. 그땐 자신감도 함께였다. '스스로를 돌보며 자기관리하는 나'의 정체성에 흡족해하며 더욱 부지런을 떨었다. 모닝 루틴을 만들어 따뜻한 차를 마시고 수리야나마스카라 A세트를 수련했다. 몸에 알맞게 붙은 블랙 터틀넥이 내 눈에도 꽤 보기 좋았다.

그럼에도 가끔은, 아니 그보다 자주 나는 함정에 빠진 기분을 맛보곤 했다. 록산 게이가 그러했듯 "내 자아의 가치를 내 몸의 상태와 동일시" 하는 자신을 부인할 수 없었기 때문이다. 동전의 양면처럼 자기관리의 이면에는 언제나 다이어트가 기회를 엿보고 있었다. 이왕 튼튼해지기로 한 김에 살도 빼자는 1석 2조의 심리. 나는 건강함과 아름다움, 그러기를 바라는 마음과 그렇게 보여지기를 기대하는 욕망 사이에서 나를 비난하고 납득하기를 반복했다.

하지만 쓸모없는 시간만은 아니었다. 구겨져 있던 고관절과 척추를 바르게 펴고, 디저트에 기분을 마냥 의탁하지 않으려는 시도의 와중에는 한동안 소극적으로 대처했던 관계들에 안부를 묻는 애씀까지 포함되어 있었다. 이때 나의 최우선 과제는 건강과 다이어트만이 아니라 나와 내가 사랑하는 것들이 속한 일상을 두루 돌보는 일이다. 방치해온 마음의 먼지를 훌훌 털고, 심신의 보폭을 천천히 맞춰나가는 것이다. 그 사실을 잊지 않기 위해 여기 이렇게 기록해둔다.

| 꿈의 부엌 |

떡국 그릇과 행복의 상관관계

가장 최근까지 근무했던 직장은 라이프스타일 숍이었다. 자루를 손으로 하나하나 깎아 만든 호미부터 장인의 공예품까지 윤택한 생활을 위한 일용품을 소개하고 지갑을 열게끔 독려하는 것이 나의 주 업무였다. 가끔은 내 자리로 걸려오는 고객의 전화를 받기도 했는데 대체로 품절된 제품의 입고일이나 교환에 관한 문의였다.

그날의 통화는 평소와 사뭇 달랐던 기억이 난다. 웹사이트 상세 페이지의 사진과 설명만으로는 확신이 들지 않은 모양이었다. 나이 지긋한 여성의 목소리가 꽤나 진지해서 본론을 꺼내기도 전에 바짝 긴장이 들었다. 질문의 요지는 이것이었다. 염두에 둔 그릇이 설 떡국을 담기에 적합한가 그렇지 않은가. 일반적인 한식 국공기와 면기 사이의 모호한 크기도 문제지만, 그릇의 개성이라 할 수 있는 차가운 질감이 연초의 희망찬 무드와 잘 어울릴지도 망설임의 이유인 듯했다. 대화가 길어질 수록 나는 점점 응대에 어려움을 느꼈다. 마치 미술품처럼 그릇을 대하는 그에게 실용과 기능에 초점을 맞춘 조언은 쓸모를 발휘하지 못하는 듯했다. 며칠 뒤 오프라인 매장을 직접 방문한 고객이 문제의 떡국 그릇을 구입했다는 이야기를 전해 들었다. 그의 선택이 내심 궁금했던 나로서는 반가운 소식이었다.

느닷없이 떡국 그릇 에피소드가 떠오른 건 요즘 취미 삼아 그리는 도면 때문이다. 아파트 청약 대신 언제가 될지 모를 집짓기로 방향을 선회한 이후 내가 꿈꾸는 공간의 형태를 자연스레 구체화해보게 됐다. 도면이라봐야 별 게 아니다. 사각형 박스를 이리저리 옮기며 구획을 나누고 최적의 동선을 궁리해보는 정도다. 그런데 이게 생각보다 만만치 않다. 연필로 선 하나를 긋고 지울 때마다 삶의 모양도 함께 따라 움직여서다. 가령 방 한 칸을 더하느냐 빼느냐에 따라 나는 맥시멀리스트와 미니멀리스트의 기로에 섰다. 줄어든 전용면적만큼 마당을 넓히면 1년 사계절 몸이 바쁠 것이고, 체력단련실을 따로 꾸릴 경우 산책은 부수적인 일과가 될지도 몰랐다. 나와 남편의 작업실을 합치느냐 나누느냐, 게스트룸이 필요할 만큼 우리가 사교 활동에 적극적인가 (이 집에는 INFP와 INFJ가 산다) 등 집짓기는 자기 자신에게 무수히 질문을 던지고 이해를 구하는 행위였다.

화가 노석미의 책 『매우 초록』에는 자신의 집 2층 텅 빈 공간에 욕조만 덩그마니 놓게 된 사연이 등장한다. 그는 주변의 만류에도 욕조의 위치만큼은 절대 포기하지 않았는데 "내가 누릴 수 있는 행복한 일 중 높은 순위"에 창을 내다보며 목욕하는 일과가 놓여 있었기 때문이다. 그때 그

수화기 너머의 고객이 내게 떡국 그릇에 대한 의견을 구하면서도 실은 그리 귀담아듣지 않고 있다는 사실을 나는 잘 알고 있었다. 그는 자신의 면면을 골똘히 들여다보는 중이었다. 떡국 그릇이 불러일으킬 식탁의 분위기를, 가족의 호응을, 무엇보다 자신의 기분을.

나로 말할 것 같으면 내 행복의 우선순위는 부엌과 밀접하게 닿아 있다. 도면을 그리면서 가장 비중 있는 사각형을 부엌에 내주었으니 말이다. 식재료 구경에 진심인 편이라 여행지에서도 웬만하면 취사 가능한 숙소를 고르는 편이고, 코로나19 이후 남편 역시 재택근무를 하면서 집밥 비중이 부쩍 커진 것을 감안하면 그다지 놀라운 일도 아니다. 9년간의 동거 끝에 합의한 공동의 목표 역시 조리 동선이 겹치지 않는 커다란 부엌이었다.

다소 뻔하지만 꿈의 부엌이라면 역시 텃밭과 화단을 가장 먼저 떠올리게 된다. 호미로 밭을 갈아엎는 불상사가 닥치더라도 일단은 무엇이든 심어 보고 싶다. 부엌에 낸 뒷문을 나서면 허브와 쌈채소가 자라는 텃밭과 이어진다. 콧노래를 흥얼거리며 바삐 움직이는 손에서는 로즈마리와 타임 향이 뚝뚝 묻어난다. 여력이 있다면 부엌과 맞붙은 유리 온실을 짓고 싶다. 아파트의 발코니처럼 안과 밖을 연결하는 중간지대라는 점이 매력적이다. 여기에는 성인 대여섯 명쯤은 거뜬히 수용할 수 있는 커다란 고재 테이블이 놓여 있다. 물론 사람들은 오지 않을 것이다. 그 자리는 오롯이 내 차지다. 비밀기지이고 대피처다. 아무도 찾지 않는 지하 벙커이자 불이 꺼지지 않는 다락방이다. 테이블 한쪽에는 산처럼 쌓인 책과 치우지 않은 커피잔이, 다른 한쪽에는 아침에 구운 스콘이 식힘망 위에 줄지어 놓여 있다. 스프링 노트에 맥락 없이 쓰인 메모는 근사한 소설이 될지도 모른다. 사실 온실에서 무엇을 할지는 미리 계획하지 않아도 차고 넘칠 것이므로 더는 상상하지 않기로 한다. 그저 중간지대에서의 평화로운 시간을 고대할 뿐이다. 안이 투명하게 들여다보이는 비밀기지라니, 어딘가 이상하긴 하지만.

다큐멘터리 〈다이애나 케네디 : 과카몰리 철학〉을 통해 본 영국 출신의 멕시코 요리 연구가 다이애나 케네디의 부엌은 노동과 창작, 일상이 삼위일체를 이루는 종합예술 무대다. 젊은 시절 그에게는 늘 '감히'라는 꼬리표가 따라붙었다. 정통성을 문제 삼는 사람들의 눈에는 멕시코 전역을 떠돌며 지역의 음식 문화를 탐구하는 영국 여자의 행보가 탐탁지 않았던 것이다. 하지만 불도저 같은 뚝심과 집념을 지닌 다이애나는 그러거나 말거나의 태도로 응수하며 자신의 사랑을 지켜나간다.
아흔을 훌쩍 넘긴 할머니가 되어서도 그의 박력은 여전하다. 부엌 역시 주인을 닮았다. 언제든 요리를 시작할 수 있도록 다이애나의 등 너머에는 허브와 색색의 제철 작물, 조리 도구가 사방에 펼쳐져 있다. 뜰에 놓인 장작 가마에서는 연기가 솟구친다. 천장을 수놓은 라탄 바구니, 거대한 화목 난로 사이로 보이는 돌절구와 붉은빛 토기, 손때 탄 법랑 냄비가 무질서의 우주를 이룬다. 베르사유 궁전의 거울의 방보다도 아름답고 영감으로 가득 찬 정경이다. 초록을 편애하는 화가의 작업실 같기도, 어느 농사꾼의 곳간 같기도 하다. 때로는 글쓰기보다 땀을 뻘뻘 흘리며 팥 앙금을 쑤고 반죽을 치대는 노동이 더 즐거웠던 이유를 알 것만 같다. 다이애나의 말대로 요리는 우리의 마음을 치유해준다. 수세기에 걸쳐

예술이 그래왔던 것처럼.

자신은 정말 재미있는 삶을 살았다고 고백하는 백발의 할머니는 내게 이런 조언도 들려준다. 훌륭한 커피를 맛보기 위해서 주물팬에 원두 볶는 수고를 마다하지 않듯이 인생에도 가끔은 시간을 들여야만 되는 일이 있다고. 시간이 나를 관통하도록 가만 내버려두는 것, 버텨내는 것, 너무 앞서가지도 느리지도 않게 제시간을 살아내는 것. 그 시간을 함께 견뎌줄 집의 모습을 빈 종이 위에 그려본다. 주물 냄비 속 수프처럼 이야깃거리가 보글보글 끓어넘치는 집이었으면 좋겠다. 고인이 된 이어령 선생은 "어떻게 사는 것이 럭셔리하게 사는 것일까요?"라는 질문에 이렇게 답했다고 한다.

"주변에 얼마나 많은 이야깃거리가 있느냐 하는 것이 럭셔리한 삶이냐 아니냐를 판단하는 기준이다. 타인 지향적 삶을 살지 말아야 한다. (……) 남의 시선을 의식하는 순간 럭셔리한 삶도 멀어진다."

_ 정성갑, 『집을 쫓는 모험』

하지만 그런 집, 그런 인생은 저절로 오지 않는다. 한 잔의 커피를 마시기 위해 매번 원두를 볶고, 알맞은 그릇과 욕조의 위치를 고집스레 지키려는 마음이 삶을 럭셔리로 이끈다.
내 안의 목소리에 귀를 기울이자는 말은 한없이 다정하고 달콤하게 들리는 듯하다. 하지만 때로 그 조언은 스스로를 자괴감에 빠트리는 함정이 된다. 그리고 어떤 사람들은 때로 시끄럽고 지독히 이기적일 수밖에 없는 그 일을 쉽게 포기하지 않는다. 전력을 다해 자기 자신을 들여다본다. 재미난 이야기, 슬픈 이야기, 지루한 이야기, 돈으로는 사지 못할 값비싼 이야기가 자신 안에 모여 있다. 그러니 내가 시간을 들여 해야 할 일이 있다면 샘물처럼 솟아나는 이야기들을 스프링 노트에 성실히 받아적는 것일 테다. 안이 투명하게 들여다보이는 비밀기지에서 나는 그 일을 하고 싶다. 내가 누릴 수 있는 가장 행복한 그 일을.

| 천연발효종 |

누구의 것도 아닌 확실한 내 것

올겨울에는 유달리 자주 빵을 구웠다. 쿠키나 케이크 같은 디저트를 포기할 수 없어 비건 베이킹을 시작한 처음과 달리 요즘은 그 어느 때보다 제빵에 매진 중이다. 이유야 여러 가지이지만 일단은 물, 밀가루, 이스트의 소박한 조합이 마음에 든다. 늘 구비되어 있는 재료이니 언제든 반죽을 시작할 수 있고, 대체 재료를 찾는 수고와 비용을 들이지 않아도 된다. 의식할 필요 없는 가장 자연스러운 형태의 채식이라는 점도 좋다.

홈베이커가 되고 나서는 종종 빵의 입장에 서보곤 했다. 빵을 곤란에 빠트리는 돌발행동은 되도록 하지 않겠다는 의미이다. 제멋대로 순서를 뒤바꾸거나 꼼수를 부렸다간 텁텁한 밀가루 덩어리라는 낭패를 보기 십상이다. 내 앞에 놓인 각각의 단계를 차근차근 밟아나가는 것. 이 기본적인 룰만 지키면 재능이 뛰어나지 않아도 평범한 깜빠뉴 한 덩이쯤은 손에 넣을 수 있다. 눈이 번쩍 뜨이는 대단한 풍미를 바라지 않고 판매할 요량은 더더욱 없으므로 '내 입에 맛있다' 정도의 수준에서 만족할 수 있는 것 역시 홈베이커라서 가능한 일. 더 나은 결과물을 기대한 적 없다면 거짓말일 테지만 그런 순간마다 자신의 본분을 잊지 않으려 한다. 내가 생각하는 홈베이커란 언제든 열심일 수 있는 동시에 준최선에 머물 수 있는 존재이고 나는 그 헐렁한 자유를 언제까지나 누리고 싶다.

하지만 야망 없는 홈베이커도 가끔은 자진해서 모험을 떠난다. 글쓰기는 돈이 되지 않는다는 둥, 쓸데없는 시간 낭비하지 마라는 둥의 염려를 숱하게 듣고 자란 어른의 취미 생활이 무릇 그러하듯 이 모험은 순수한 호기심에서 시작된 여정이다. 나의 새로운 모험은 흔히 '르방'이라고도 부르는 천연발효종 키우기였다. 제빵에 적합하게끔 인공 배양한 인스턴트 이스트와 달리 천연발효종은 공기 중에 떠다니는 균의 힘을 빌려 배양시킨 자연 효모를 말한다. 특유의 시큼한 풍미가 장점이지만 배양이 쉽지 않아 제빵의 끝에 천연발효종이 있다는 우스갯소리가 있을 정도다. 빈 그릇에 사료를 채워주듯 효모가 굶지 않도록 매 끼니를 챙겨주어야 하기 때문이다. 그래서 천연발효종을 '키운다'라고 표현한다.

생명체와 더불어 사는 일이 대개 그렇듯 발효종 키우기가 시작되면 단 하루 외박도 망설여진다. 반려 발효종의 주식은 강력분과 물이었다. 밤 11시마다 밥을 부어주면 밀의 당분을 섭취한 발효종이 이산화탄소 방귀를 뀌며 조금씩 몸을 키워나갔다. 손가락 한 마디 높이였던 것이 다음날이 되면 두 마디만큼 쑥 부풀어 있었다. 내 책상 위에서 발효종의 일대기를 목격한다는 사실만으로 날마다 감격이 밀려왔다. 나는 위대한 자연을 성심껏 모시리라 매일 밤 다짐했다. 발효가 주춤한 날에는 양지바른 자리로 옮겨주며 "힘을 내!" 하고 부끄러움도 없이 소리 내어 외쳤다. 애지중지 보살핌을 받은 발효종은 6일 차가 되자 반죽에 넣어도 될 만큼 빵빵하게 성장해 있었다. 뚜껑을 열고 가만히 귀를 기울이면 넘치는 기운만큼 힘찬 방귀 소리가 들렸다.

발효종의 첫 데뷔는 성공적이었다. 호밀 함량이 높아 충분히 부풀지 않을 것이라는 염려와 달리 활약이 대단했다. 열기를 뿜어내는 호밀빵은 마치 SF 영화 속 행성처럼 보였다. 사람의 손길이 닿지 않은 표면은 덧밀가루가 만들어낸 무늬로 신비로운 분위기를 풍겼다. 나는 한숨 식힌 호밀빵을 반으로 갈라 코를 박고 킁킁거렸다(그 전에 호밀빵의 증명사진을 수십 장 찍었음은 물론이다). 오로지 나의 손길과 책임으로 완성된 빵의 단면에선 풋풋한 감 냄새가 났다. 나는 내 멋대로 이게 우리 집 냄새로구나 하고 믿어버렸다. 효모는 밀의 당분뿐 아니라 공기 중을 떠도는 온갖 균도 야금야금 먹고 자란다. 아마도 그중에는 같은 공간에 머물렀던 사람과 식물, 고양이의 들숨날숨도 섞여 있을 것이고 모닝커피의 향긋한 냄새도 배어 있을 것이다. 나의 유일무이한 행성도 그렇게 빚어졌으리라 상상하니 한 입씩 사라질 때마다 아쉬운 마음이 들었다. 하지만 이 순간을 위해 미리 준비해둔 참나물 페스토를 얹으니 미련은 잠시일 뿐 이렇게 몇 끼는 더 먹을 수 있을 것만 같았다. 배시시 미소가 흘러나왔다. 이 기쁨은 그 누구의 것도 아닌 확실한 내 것이었다.

호밀빵 양끝의 꽁다리까지 야무지게 먹은 뒤에

는 짧은 산책에 나섰다. 영상을 웃도는 따뜻한 날씨 덕분인지 돋보기를 댄 것처럼 풍경 하나하나가 크게 확대되어 보였다. 얇은 얼음 위를 미끄러지듯 지나 물속으로 첨벙 뛰어드는 오리가 귀여워 한참을 구경했다. 그러는 사이 아이와 어른, 바쁘게 코를 벌름이는 개들이 내 곁을 잠시 머물렀다 떠났다. 봄은 겨울 안에 머물러 있다는 최불암 아저씨의 멘트가 문득 떠올라 코끝이 시큰해졌다.

유난히 자주 빵을 구운 지난겨울, 나는 글쓰기에 아무런 흥미를 느끼지 못하는 상태였다. 심지어 겁나고 창피하기까지 했다. 이틀 동안 겨우 한 문단을 쓴 날도 있었다. 책상에 쌓여 있는 수십 권의 책과 내 글을 비교하다 보면 글이 아니라 나라는 사람 자체가 문제의 원인일지 모른다는 불길한 생각마저 들곤 했다. 불에 덴 사람처럼 별안간 마음이 뜨거워질 때마다 내가 향한 곳은 다름 아닌 오븐이었다. 내일은 나를 덜 미워할 수 있으리라는 낙관, 다른 누군가 되어 보고 싶은 막연한 꿈, 글을 쓰지 않아도 괜찮은 자신에 대한 상상은 오븐이라는 작고 귀여운 문을 통해 빵의 모습으로 실현되곤 했다. 홈베이커들은 안다. 힘 있게 부풀어 오른 빵의 존재감이 어찌나 어마어마한지. 잠시 등을 대고 앉아 눈을 붙이고 싶어진다. 나는 빵이 품은 그 태산 같은 기운을 빵력이라 부른다. 겨울 내내 나는 빵력으로 버텼던 게 틀림없다.

대활약을 보인 나의 반려 발효종은 다음번 모험을 위해 냉장고 한 켠에서 힘을 (아니 방귀인가?) 비축하는 중이다. 영웅이 등장하지 않는 이 이야기에 장르를 붙인다면 아무래도 순정 멜로가 어울리지 않을까. 빵을 필두로 한 사랑과 실패를 한

권의 책으로 써낼 줄은, 쓰기 전까지는 결코 몰랐다. 역시 빵력으로 썼다고 볼 수밖에. 겁나고 창피한 마음은 여전하지만 이 이야기는 그 누구의 것도 아닌 확실한 내 것이므로 너무 멀리는 도망치지 않으려 한다. 멈춰 서 있는 그 자리에서 계속 써볼 것이다. 빵력이 그것을 가능케 할 것이라 믿어 의심치 않는다.

에필로그 ✳

다르게 사랑하기로 했다

살면서 목욕탕이라면 질색이던 내가 그날은 무슨 이유에서인지 자진해서 열탕에 몸을 담갔다. 발갛게 익은 얼굴을 따라 흐르는 땀이 마스크 가장자리부터 천천히 스며들었다. 높은 습도와 열기가 빠져나가지 못해 숨이 받았다. 맞다, 나는 KF94 마스크를 착용하고 있었다. 나뿐만 아니라 탕 안에 있던 네 명의 어른과 여자아이 모두 마찬가지였다. 실오라기 하나 걸치지 않은 몸과 얼굴의 절반을 가린 마스크의 부조화가 어찌나 강렬하던지. 먼 훗날 "그땐 말이야. 세상에, 마스크를 끼고 때를 밀었잖니" 하고 당시를 회고하는 팔순의 할머니를 상상하며 까마득한 기분에 빠졌다.

코로나19가 나와 가족, 친구들의 일상에 끼친 영향을 직간접적으로 체감하며 살고 있다. 2020년 봄부터 지금까지 남편은 만 2년째 재택근무

중이고, 어린이집 급식 조리원이었던 엄마는 원생 수가 급격히 줄면서 퇴직 권고를 받았다. 친구가 가족 중 한 사람을 잃었다는 소식을 친구로부터 전해 들은 건 그로부터 한참 뒤의 일. 무어라 덧붙일 말이 떠오르지 않았다. 한편 나는 매일 아침 다섯 번의 지하철과 버스 환승을 거쳐야 했던 회사를 그만두었다. 물론 전염병이 퇴사 사유는 아니었지만 언제 터질지 모를 공포의 씨앗을 품고 다니며 적잖은 스트레스를 받았다. 도시살이에 남아 있던 마지막 미련이랄까 아쉬움 역시 이때 조용히 소멸했다. 눈에 보이지 않고, 크게 소리 내어 말하지 않을 뿐 다들 크고 작은 내상을 끌어안은 채 꿋꿋이 매일을 맞이하고 있다.

하지만 마냥 나쁘기만 한 것은 아니었을 테다. 나빴다고만은 단언할 수 없는 매일의 시시한 즐거움들이 여전히 우리 곁에 남아 있었으니까. 내게는 그것이 베이킹이었다. 미적지근했던 채식 지향 생활도 코로나19의 장기화와 함께 본격적이 되었다. 기후 재앙, 동물권, 미래, 연결, 우정과 같은 커다란 단어들이 지구촌 토픽이나 잡힐 듯 잡히지 않는 아지랑이가 아닌 활짝 벌린 나의 두 작은 품 안에 속해 있다는 것을 실감했기 때문이다. 미국 서부의 이례 없는 폭염과 감자 작황 악화로 (나의 최애 과자) 포카칩을 편의점에서 볼 수 없게 될지도 모른다는 것이다. 이 글을 쓰는 오늘도 울진을 비롯한 강원도 일대에서 사흘째 산불 진화 작업이 이어지고 있으며 그 배경에는 50년 만에 최저치를 기록한 겨울 가뭄이 있다는 것. 나는 동시다발적으로 날아든 이 시그널들을 더는 예전처럼 가볍게 넘겨버릴 수만은 없게 됐다. 구체적으로 겁이 났다. 초코바와 생수, 고양이 사료, 휴대폰 충전기가 든 재난 가방을 꾸려 신발장에 넣어두고서야 겨우 안심이 됐다.

하지만 안전하게 도망칠 준비를 하는 것만큼이나 중요한 게 있다. 삶을 지속하는 것이다. 자기 몫의 오늘을 계속해서 굴려나가야 한다. 다만 이전과는 다른 방식으로.

나는 자타공인 단당류파다. 식사 전에 꼭 군것질하는 버릇을 버리지 못해 "입맛 떨어지게 웬 과자냐"라는 잔소리를 30년 넘게 듣고 있으며, 기상하자마자 냉장고에서 다디단 디저트를 꺼내 맛보는 일탈을 즐긴다(옆에서 또 잔소리가 들린다). 단당류의 즉각적인 쾌락에 완전히 굴복한 상태인 것이다. 그런 내가 채식을 시도하면서 비건 베이킹에 관심을 기울이게 된 건 자연스런 수순이었다. 고기를 먹지 않는 건 쉬웠지만 슈크림을 참는 건 엄청난 고역이었으니까. 비건 베이킹북과 유튜브를 참고해 만든 첫 디저트 역시 커스터드 크림 타르트였다. 버터, 계란, 우유가 빠진 자리를 두유와 전분, 코코넛밀크가 채우고 색을 내기 위해 소량의 강황가루를 넣었다. 세상에, 도무지 결과물을 상상할 수 없는 레시피였다. 난생처음 맛본 비건 커스터드 크림은 내 혀가 기억하는 그것과 조금도 닮은 구석이 없었다. 당연한 소감이었다. 동물성 재료가 전혀 들어가지 않았으므로 애초에 비교는 무의미했다.

다르다는 놀라움과 조금의 실망, 거리끼는 마음 뒤에 숨어 있는 작은 호기심. 하나로 매듭지을 수 없는 각각의 감정을 자유롭게 풀어놓은 채 나는 내 안에서 일어나는 반응과 변화를 차근히 지켜보았다. 만들고 버리기를 반복하고, 유명한 비건 베이커리도 부러 찾아다녔다. 그렇게 가랑비에 젖듯 나는 내 앞에 펼쳐진 새로운 미식의 세계에 천천히 빠져들었다. 육식에 가려졌던 식물성 식재료의 이름과 특징을 하나씩 알아갈 때마다 나의 지구어 사전도 분주해졌다. 가로수와 새의 명칭을 외우고 그 이름을 소리 내어 불러보던 뿌듯함을 온갖 종류의 가루와 향신료에서도 경험하게 된 것이다. 늘 거기 있었으나 내가 미처 발견하지 못했을 뿐인 존재의 이름을 기억해낼 때마다 나는 함께 살아 있음을 느꼈다. 혼자가 아니라 함께였고, 함께인 한 그렇게 쉽게 망하지만은 않을 것이라는 믿음이 생겼다. 때문에 나 아닌 존재를 지우거나 해치는 방식을 유지하는 태도는 더는 내게 유효한 생존법이 아니었다. 나는 삶을 지속하기 위해 이전과 다르게 사랑해보기로 했다.

나에게도 나만의 노력, 나만의 어제가 있다면 나만이 만들 수 있는 변화, 나만이 만들 수 있는 내일이 있을 것이다. 이 세상에 나만이 줄 수 있는 사랑이 있을 것이다. 나만이 낼 수 있는 용기가 있을 것이다. 나만이 질 수 있는 책임이 있을 것이다. 이렇게 생각하면 내게도 단순하게 나아갈 길이 또렷이 보인다.

_ 정혜윤, 『앞으로 올 사랑』

어떤 이들은 내가 굉장한 인내심을 발휘하며 고기 먹기를 참거나 견딘다고 여기지만 나는 수행자와 거리가 먼 보통 사람일 뿐이다. 다만 그 보통 사람은 재난 가방을 들쳐 업고 언제든 도망칠 준비를 하면서도 동시에 오늘을 지키기 위해 용기를 발휘하는 사람이기도 하다. 비건 베이킹을 주제로 책을 쓰는 것 역시 내게는 용기가 필요한 일이었다. 나의 불완전함을, 혼란한 속내를 들키고 싶지 않았다. 하지만 그건 부끄러운 일도 아니고 그 부끄러움마저 스스럼없이 나누면 더는 부끄럽지 않으리라는 생각이 들었다. 푸근한 빵 냄새 앞에서는 누구나 관대해지기 마련이니까.

무엇보다 빵과 디저트를 만들기로 결심했을 때, 오로지 자기 자신만을 위해 굽는 사람은 결코 없을 것이다. 달큰한 애플파이 한 접시, 오늘 만든 깜빠뉴 한 덩이를 조각조각 잘라 나누는 친절을 홈베이커가 되고 나서야 비로소 배웠다. 이 세상에 나만이 줄 수 있는 사랑이 있다면 바로 이것일 테다.

빵 생활에 흥을 돋우는 간단 비건 요리

빵이 그리는 식탁 풍경을 좋아한다. 빵 옆의 잼과 샐러드, 그 옆자리의 슴슴한 수프, 나란히 이웃한 커피. 피아노 건반 위의 열 손가락처럼 서로 합을 맞추며 맛의 하모니를 완성하는 풍경은 언제나 사랑스럽다. 빵은 단독 주연으로도 훌륭하지만 앙상블을 이룰 때 더욱 진가를 발휘한다고 믿는 편이다. 나의 빵 생활을 풍성하게 가꾸는 데 도움을 준 요리책과 유튜브, 빵과 사이좋은 궁합을 이루는 비건 요리들을 추려보았다. 라디오 주파수를 움직이듯 각자에게 맞춤한 맛을 발견하길 바라는 마음으로 별도의 레시피는 생략했다.

봄 페스토

봄이 오면 산과 들에서 나는 제철 나물을 맛보느라 부엌이 분주해진다. 그중 페스토는 봄기운을 두고두고 누릴 수 있는 요긴한 방법이다. 참나물, 냉이, 달래 등 호기심이 이끄는 대로 자유롭게 시도해보자. 나물과 견과류, 올리브 오일은 대략 2:1:1 비율로 맞추되 취향에 따라 가감하면 된다. 알싸한 맛을 좋아한다면 마늘 한두 톨도 추가. 가정집에 값비싼 잣이 구비되어 있는 경우는 드물므로 아몬드와 캐슈넛을 추천한다. 푸릇한 향이 밴 봄 페스토를 파스타나 치아바타 샌드위치에 곁들여 먹는 것만으로도 제대로 봄을 건너는 기분이 든다.

사과조림

세상에서 가장 맛있는 사과는 밀양 얼음골 사과로 알고 자랐다. 외갓집으로 향하는 추석 귀성길에도 얼음골 사과가 늘 함께였던 기억이 난다. 반으로 툭 쪼개면 씨앗을 감싼 노오란 꿀에서 뚝뚝 떨어지던 단물. 얼마 전에도 얼음골 사과 한 박스가 집으로 도착했다. 매일 두 알씩 부지런히 먹었는데도 마지막 남은 사과는 쭈글쭈글해지고 말았다. 이럴 땐 사과를 설탕에 졸여 궁극의 달콤함을 끌어내 보자. 주사위 모양으로 잘게 써는 과정이 다소 귀찮지만 유리병에 담긴 황금빛 사과조림은 눈으로 먹는 것만으로도 행복해진다. 사과 열다섯 알을 졸였더니 100밀리미터 유리병 5개 분량이 나왔다. 그중 2병은 선물로, 남은 3병은 요거트와 스콘에 얹어 먹었더니 금세 동이 났다.

팥앙금

동지 팥죽 대신 팥앙금을 쑤었다. 선호와 입맛에 맞춰 나만의 계절 풍습을 만드는 것이 재밌다. 팥앙금은 팥죽보다 조리법이 단순하고 한솥 끓여 냉동실에 소분해두면 빵 스프레드, 팥소, 빙수 고명 등 요모조모 쓰임이 많다. 전기밥솥 잡곡밥 모드로 푹 익힌 팥은 비정제 설탕과 2:1 비율로 섞은 뒤 팥알이 으깨지지 않도록 약불에 살살 저어가며 수분을 날린다. 마음이 조급해질라 치면 영화 〈앙〉에 등장하는 이 대사를 되새기자. “극진히 모셔야 해. 밭에서 여기까지 와주었으니까!”

대파 크림

다양한 채소 요리를 선보여 온 요리사 요나 님의 대파 크림 레시피는 신선한 충격이었다. 두유나 캐슈넛이 들어간 말 그대로의 ‘크림’을 상상했는데, 알고 보니 뭉텅뭉텅 썬 대파를 10~15분쯤 녹진하게 볶은 요리였기 때문이다. 하나의 정의에 얽매이지 않는 자유분방한 레시피 덕분에 나의 채식 반경이 조금 더 넓어졌다. 식물성 오일과 약간의 물로만 익힌 대파 크림은 입안에서 부드럽게 풀어지는 온화한 맛이다. 요나 님의 제안처럼 토스트한 식빵에 올려 먹거나 채수와 함께 끓여 수프로 즐길 수 있다. 개인적으로는 샘표에서 나온 '뿌리채소로 깔끔담백한 채소육수' 농축액을 자주 활용한다. 여기에 요리에센스 연두로 간을 맞추면 단숨에 영혼의 수프 완성! 레시피는 유튜브 〈재료의 산책〉에서 볼 수 있다.

비건 마요네즈

비건 마요네즈 레시피를 검색하면 꽤 다양한 방식의 조리법을 찾을 수 있다. 두유, 두부, 캐슈넛 등 주재료로 무엇을 쓰느냐에 따라 조금씩 맛의 차이가 있다. 단백질 응고에 필요한 식초, 소금, 식물성 오일(현미유, 포도씨유, 올리브 오일)을 기본으로 취향에 따라 홀그레인 머스터드, 마늘, 메이플 시럽 등을 추가해 블렌더로 부드럽게 간다. 갓 만든 마요네즈는 농도가 묽은 듯한데 냉장고에 하루 정도 숙성시키면 다루기 좋게 걸쭉해진다.

휘핑크림

동남아시아 요리에 즐겨 쓰이는 코코넛밀크(혹은 코코넛크림)에 슈거파우더를 넣고 휘핑하면 생크림과 비슷한 크림을 구현할 수 있다. 이때 코코넛밀크는 반나절 이상 냉장고에서 차갑게 보관한 뒤 단단하게 굳은 지방층만 걷어내 사용해야 한다. 비건 케이크 시트에 코코넛 휘핑크림을 펴 바르고 열대 과일을 얹어 장식하면 솜사탕 같은 가벼운 달콤함을 맛볼 수 있다.

당근 라페

자신해서 먹는 유일한 당근 요리가 있다면 바로 당근 라페다. 얇게 채 썬 당근을 드레싱에 가볍게 버무린 프랑스식 샐러드로 아삭아삭한 식감,

달고 개운한 신맛이 어우러져 당근 한 봉지쯤은 너끈히 해치우게 되는 마성의 음식이다. 올리브 오일, 홀그레인 머스터드, 화이트 비네거(또는 레몬즙)를 섞은 드레싱에 하루쯤 절이기를 추천하지만 만든 즉시 맛보아도 무방하다. 가장자리를 바삭하게 구운 깜빠뉴에 당근 라페를 수북히 쌓아 올린 오픈 샌드위치가 클래식. 구운 템페나 팔라펠을 함께 곁들여 먹으면 한나절 든든하다. 신선 야채 코너에서 제주 구좌 당근을 발견하면 주저없이 장바구니에 담도록 하자.

토마토 콩 수프

가끔은 시판 통조림을 적극 활용해 끼니를 해결한다. 그중 홀토마토와 버터넛(흰강낭콩), 렌틸, 병아리콩 등을 듬뿍 넣어 한소끔 끓인 토마토 콩 수프는 구원 투수와도 같은 음식이다. 겨울과 봄 사이 계절 몸살을 앓을 때마다 따뜻한 수프를 몇날

며칠 먹으며 마음의 온도를 애써 높이곤 했다. 조리는 가능한 한 단순하게. 순서랄 것도 없다. 소분하여 얼려둔 셀러리와 건조 허브(바질, 오레가노, 파슬리 등 무엇이든), 베지터블 스톡, 홀토마토, 각종 콩을 한번에 넣고 뭉근하게 끓이다가 "아, 이 맛이다" 싶은 타이밍에 불을 내리면 된다. 익힌 숏파스타를 넣어 탄수화물을 보충해도 좋다. 작은 팁을 얹자면 방울토마토 몇 알을 추가해 넣는 것. 적당히 익었을 즈음 수저로 으깨주면 자연의 맛이 더해져 왠지 모를 양심의 가책을 덜 수 있다.

＊＊＊

나의 비건 요리 선생님들

유튜브

독일빵고모bbanggomo (국내)

서정아의 건강밥상 SweetPeaPot (국내)

재료의 산책料理日記 (국내)

하루하루 문숙 Day by day with Suki (국내)

oh so siso**시소** (국내)

Good Eatings (해외)

Peaceful Cusine (해외)

요리책

매일 한끼 비건 집밥 이윤서 지음, 테이스트북스, 2020

비건 홈카페 양수민, 이현경 지음, 테이스트북스, 2021

월인정원, 밀밭의 식탁 이언화 지음, 남해의봄날, 2020

재료의 산책 요나 지음, 어라운드, 2018

홀그레인 비건 베이킹 김문정 지음, 레시피팩토리, 2021

Her vegetables 장진아 지음, 보틀프레스, 2020

***

인용한 책들

한그루 열두 가지 박정미 지음, 책읽는수요일, 2021

미각의 번역 도리스 되리 지음, 함미라 옮김, 샘터, 2021

집을 쫓는 모험 정성갑 지음, 브.레드, 2020

앞으로 올 사랑 정혜윤 지음, 위고, 2020

 05

비건 베이킹: 심란한 날에도 기쁜 날에도 빵을 굽자

초판 1쇄 인쇄 2022년 5월 26일
초판 1쇄 발행 2022년 6월 7일

지은이 송은정
펴낸이 김종길 **펴낸 곳** 글담출판사 **브랜드** 인디고

기획편집 이은지·이경숙·김보라·김윤아 **영업** 김상윤
디자인 박윤희 **마케팅** 정미진·김민지 **관리** 박지웅

출판등록 1998년 12월 30일 제2013-000314호
주소 (04029) 서울시 마포구 월드컵로8길 41 (서교동 483-9)
전화 (02) 998-7030 **팩스** (02) 998-7924
페이스북 www.facebook.com/geuldam4u **인스타그램** geuldam
블로그 http://blog.naver.com/geuldam4u

ISBN 979-11-5935-110-5 (04810)
* 책값은 뒤표지에 있습니다.
* 잘못된 책은 구입하신 곳에서 바꾸어 드립니다.

만든 사람들
책임편집 이은지 **표지디자인** 김종민 **본문디자인** 박윤희 **교정교열** 윤혜숙

글담출판에서는 참신한 발상, 따뜻한 시선을 가진 원고를 기다리고 있습니다.
원고는 글담출판 블로그와 이메일을 이용해 보내주세요. 여러분의 소중한 경험과 지식을 나누세요.
블로그 http://blog.naver.com/geuldam4u **이메일** geuldam4u@naver.com